rowohlt
BERLIN

Aharon Appelfeld

Sommernächte

Roman

Aus dem Hebräischen
von Gundula Schiffer

Rowohlt · Berlin

Deutsche Erstausgabe
Veröffentlicht im Rowohlt · Berlin Verlag, Februar 2022

Die Originalausgabe erschien 2015 unter dem Titel
«Leilot Kayitza Aukim»
im Verlag Kinneret, Zmora-Bitan, Dvir, Or Jehuda
Satz aus der Guardi
bei Pinkuin Satz und Datentechnik, Berlin
Druck und Bindung CPI books GmbH, Leck, Germany
ISBN 978-3-7371-0124-0

Sommernächte

1

Sie ziehen von Feld zu Feld und von Hain zu Hain. Wenn sie eine Stunde gewandert sind, machen sie im Schatten eines Baumes Rast, verweilen eine Zeit, dann setzen sie ihren Weg fort.

Stoßen sie unterwegs auf eine Quelle oder einen Brunnen, schöpft Janek einen Eimer Wasser, und sie waschen sich das Gesicht und trinken, bis ihr Durst gestillt ist.

«Bist du müde?», fragt Großvater Sergei.

«Nein», antwortet Janek.

«Ruhen wir uns ein wenig aus, dann gehen wir weiter.»

So wandern sie, die immer gleiche Landschaft vor Augen. Im Frühling und Sommer schlafen sie unter einem Baum, im Herbst und Winter übernachten sie in einer Herberge am Wegesrand oder in der Wandnische einer Kirche.

Von dem wenigen Geld, das die Leute ihnen geben, kaufen sie sich etwas zu essen, doch an manchen Tagen müssen sie hungern.

Man nennt sie «Landstreicher». Es gibt Dörfer, wo man ihnen Böses will. Großvater Sergei sagt: «Das ist unser Los auf dieser Welt. Wir dürfen nicht klagen, wer klagt, ist ein armer Tropf.»

Unterwegs sprechen sie kaum. Fragt Großvater Sergei etwas, so antwortet Janek mit ein, zwei Worten. Großvater Sergei kann leeres Gerede oder Geschwätz nicht leiden. Manchmal vergeht ein ganzer Tag, ohne dass er ein Wort spricht.

Das Dorf erreichen sie meistens gegen Abend, wenn die

Herde von der Weide heimkehrt. Janek liebt diese Zeit: den feuchten Geruch geschnittenen Klees und den Duft von Milch und Brot.

Sie gehen nicht ins Dorf hinein, sondern legen ihre Ranzen und Bündel neben einen Baum, an den Saum eines Wäldchens oder an einen Bach.

Janek erzählt Großvater Sergei, was seine Augen sehen. Es gibt nicht viel Abwechselung, doch sobald sich etwas ändert, teilt Janek es freudig mit. Großvater Sergei ist blind, er hält den Kopf geneigt und angespannt; manchmal fragt er nach einem bestimmten Gebäude oder einer Scheune, die ihn früher einmal beeindruckt haben. Dann zeigt sich sein gewaltiges Gedächtnis.

Im Sommer sitzen sie tagsüber unter einem Baum, machen ein Lagerfeuer und rösten Kartoffeln. Großvater ist in Gedanken versunken, und Janek betrachtet all die Wunder um sie herum.

Wortlos essen sie ihre Mahlzeit. Anschließend sagt Großvater: «Das war alles sehr köstlich, Dank sei Gott.»

Zum Nachtisch reicht Janek Großvater Sergei eine Tasse Tee und zündet ihm die Pfeife an. Eine ganze Weile schlürft Großvater den Tee und pafft.

Im Sommer dauern die Abende bis tief in die Nacht hinein. Janek liebt diese lichten Stunden. Wenn sie eine Melone haben, schneidet Janek sie in Stücke, und sie teilen sich die roten Streifen.

Auch nach Mitternacht flackern dann noch Reste von Licht. Großvater fragt: «Wie sieht der Himmel aus?» Und Janek antwortet: «Noch sehr hell.»

«Trotzdem ist es spät, wir müssen schlafen», sagt Großvater, bettet seinen Kopf auf einen zusammengefalteten Sack und schläft ein.

Janek betrachtet weiter die Lichter der Nacht, sieht im Geiste noch einmal den Weg vor sich, den sie an diesem Tag zurückgelegt haben. Bis zum Sonntag würden sie jetzt hier ausruhen.

Sonntags gehen sie in die Kirche. Landstreicher, Aussätzige und Geisteskranke dürfen die Kirche nicht betreten. Janek nimmt den Hut vom Kopf und legt ihn neben seine Füße: damit man weiß, dass er und der Mann neben ihm um ein Almosen bitten.

Die Leute öffnen ihr Herz nicht so leicht. Meistens eilen sie zum Gebet und ignorieren die Bedürftigen, doch manchmal geschieht es, dass jemand einen Geldschein aus der Tasche zieht und ihn in Janeks Hut legt. Rasch wünscht Janek ihm dann Gottes Segen.

So hat vor rund einem Monat ein Mann etwas in Janeks Hut gelegt, eine echte Überraschung, ein ganzer Zweihunderter. Großvater Sergei pries Gott und rief aus: «Gott sorgt für seine Geschöpfe.»

Manchmal verharren sie auch nach der Messe noch an ihrem Platz. Meistens nähert sich ihnen kein Mensch, doch manchmal kommt eine Frau und bringt ihnen eine warme Mahlzeit, wartet, bis sie fertig gegessen haben, und fragt: «Wohin seid ihr unterwegs?» Großvater Sergei zählt ihr die nahe gelegenen Dörfer auf und sagt: «Heute Nacht schlafen wir vermutlich in Jadowze.»

«Erwartet euch jemand?», möchte die Frau wissen.

«Nein», antwortet Großvater knapp.

«Und was macht ihr dort?», fragt sie nach.

«Wir rasten einige Tage im Schatten eines Baums, dann ziehen wir weiter.»

«Und wohin seid ihr unterwegs?»

«Wohin die Füße uns tragen.»

Als sie Großvater Sergeis Antwort hört, lacht die Frau lauthals. Schließlich sammelt sie das Essgeschirr ein und fragt: «Geht ihr nie nach Hause?»

Großvater Sergei offenbart ihr die Wahrheit: «Wir haben kein Zuhause, der Himmel ist unser Dach überm Kopf.»

Die Frau sieht ihn an und sagt: «Der Mensch braucht ein Zuhause.»

«Früher haben wir eins gebraucht, jetzt nicht mehr», sagt Großvater Sergei, und die Frau ist erneut verwundert.

«Wie ihr wollt, aber gebt auf euch acht», sagt sie und verschwindet.

2

Anderthalb Jahre zuvor hatte der Vater Janek nachts zu Großvater Sergei gebracht und gesagt: «Ich vertraue dir meinen Sohn an. Gib auf ihn acht, mein Lieber.»

«Ehrenwort», erwiderte Großvater Sergei so erstaunlich knapp wie immer.

«Nimm dieses kleine Bündel, da ist ein wenig Geld drin, die Eheringe von mir und meiner Frau und meine Armbanduhr. Morgen vertreiben sie uns aus der Stadt.»

«Behalte das. Du brauchst diese wertvollen Sachen gewiss dringender als ich. Du ziehst in die Ferne, wer weiß, wohin. Ich bleibe hier.»

«Nimm bitte. Ich habe dir nicht viel zu geben. Wenn wir uns wiedersehen, sollst du doppelt und dreifach so viel bekommen.»

«Trink eine Tasse Tee», bat Großvater Sergei ihn inständig.

«Ich kann nicht, mein Lieber. Ich muss zurück.»

Er umarmte Janek und flüsterte ihm ins Ohr: «Tu, was Großvater Sergei dir sagt. Das hier geht vorüber, und danach kehren wir heim.» Dann wandte er sich an Großvater Sergei, umarmte ihn und sagte: «Mein Sohn ist ein guter Junge.» Dabei unterdrückte er seine Tränen.

Ohne länger zu säumen, zog er los.

Großvater Sergei kennt Janeks Vater gut. Viele Jahre hat er in dessen Holzwarenlager gearbeitet. Selbst als er schon blind war, kam er weiter ins Warenlager und beriet die Kunden. Die Kunden liebten ihn und schätzten seine Ratschläge. In der Zehn-Uhr-Pause aßen sie gemeinsam ein Butterbrot und tranken eine Tasse Kaffee. Janeks Vater zahlte ihm weiterhin seinen Lohn. Ihre Freundschaft währte lange Jahre, bis Janeks Vater in ernste wirtschaftliche Not geriet, bankrottging und das große Warenlager gepfändet wurde. Blind und mit niemandem an seiner Seite begab sich Großvater Sergei auf Wanderschaft, zog über die Felder und von Dorf zu Dorf.

Nachdem der Vater in der Dunkelheit verschwunden war, fragte Großvater Sergei den Jungen: «Bist du hungrig?»

«Nein», sagte Janek.

«Du musst aber etwas essen. Wie viele Stunden seid ihr gegangen?»

«Drei oder vier.»

«Wir müssen essen, du wanderst jetzt mit mir. Landstreicher haben kein Haus, sie müssen stark sein.»

Nach einer Pause fügte Großvater Sergei hinzu: «Wir schlafen in unseren Kleidern. Nur wenn rundherum alles still ist, ziehen wir die Schuhe aus. Mach dir keine Sorgen, du wirst dich schnell an dieses Leben gewöhnen. Landstreicher sind wie Soldaten: immer in Alarmbereitschaft.

Aber es gibt auch kleine Freuden, die wirst du genießen.»

Janek war sprachlos gewesen. Er wusste nicht, was er sagen oder fragen sollte. Innerlich war er noch zu Hause, bei seiner Mutter. Bevor er aufgebrochen war, hatte der Vater versucht, die Mutter zu beruhigen. Sie stand zitternd neben dem Ofen.

In derselben Nacht sprach Großvater Sergei: «Du musst deinen Namen ändern. Von jetzt an heißt du Janek und nicht mehr Michael. Du bist klug, du verstehst, warum das sein muss. Sobald der Krieg vorüber ist, nimmst du wieder deinen alten Namen an.»

Janek fühlte sich müde und taumelig. Die vergangenen Tage im Keller, die Angst, dass Soldaten kommen, ihn mitnehmen würden, und dann der verworrene Weg zu Großvater Sergei – all das hatte ihn erschöpft. Er legte den Kopf auf den Boden und schlief ein.

Als Janek erwachte, wusste er nicht, wo er sich befand. Großvater Sergei war schon auf den Beinen, trank Tee und paffte seine Pfeife.

«Wie hast du geschlafen?», fragte Großvater Sergei.

«Ich habe zu Hause geschlafen», antwortete Janek verwirrt.

«Das war ein Traum, du hast hier geschlafen, in meinem Wintermantel.»

«Wird man mich nicht umbringen?»

«Hab keine Angst. Dir wird nichts Böses geschehen. Ich bin zwar blind, aber ich kenne diesen Ort wie meine Westentasche. Während meines Militärdienstes war ich in dieser Gegend stationiert. Viele Monate habe ich hier exerziert und später Soldaten ausgebildet.»

Janek erinnerte sich an die Anweisungen, die sein Vater

ihm gegeben hatte: «Frag nicht zu viel, tu, was Großvater Sergei dir sagt. Wenn es schwer wird, beklage dich nicht. Der Krieg wird zu Ende gehen, dann komme ich dich holen.»

Großvater Sergei spürte Janeks Unruhe. Er beschwor ihn mit leiser Stimme, sagte: «Es gibt nichts, wovor du dich fürchten musst. Ruh dich aus. Wenn du dich ausgeruht und etwas zurechtgefunden hast, machen wir uns ein schönes Mittagessen.»

Noch am selben Tag zeigte ihm der Ort sein hässliches Gesicht. «Bastard», blitzte ihn ein Junge im Vorbeigehen an.

Großvater Sergei hörte es und sagte: «Gib nichts um diese kleine Schlange. Den machst du bald zu Kleinholz.»

Am Abend sagte Großvater Sergei zu ihm: «Du musst die Kleider wechseln. Wenn du wie ein Stadtkind aussiehst, bist du verloren. In meinem Bündel findest du Hemd und Leinenhosen. Sie sind dir vermutlich ein bisschen zu groß, aber keine Sorge: Die Hosen kann man unten umschlagen, und ich habe noch zwei große Nadeln aus Militärzeiten, damit machen wir sie am Bund enger.»

Janek schlüpfte in die neuen Kleider und fühlte sich wie kostümiert.

Großvater Sergei setzte hinzu: «Verzeih mir, aber damit die Tarnung perfekt ist, hänge ich dir noch ein kleines Holzkreuz um. So erweckst du keinen Verdacht.»

«Muss ich diese Kleider die ganze Zeit tragen?», fragte Janek.

«Du wirst dich rasch daran gewöhnen.»

Die Kleider rochen nach Tieren, Janek musste immerzu niesen.

«Auch an den Geruch wirst du dich gewöhnen, das verspreche ich dir.»

Janek wusste nicht, was er sagen oder fragen sollte. Etwas war ihm genommen worden. Es fiel ihm schwer, Großvater Sergei dieses Gefühl zu erklären. Großvater Sergei kam ihm entgegen: «Das ist nicht für immer. Der Tag ist nicht mehr fern, da wirst du diese Tarnung ablegen und wieder zu dem werden, der du warst.»

Großvater Sergeis Worte beschwichtigten ihn. Doch nachts im Traum fühlte er sich schwer, wie in Ketten.

Von allen Seiten waren Schreie zu hören. Vergebens versuchte er mit aller Kraft zu fliehen. Schließlich segelte er aus großer Höhe abwärts – und erwachte.

Großvater Sergei fragte: «Fühlst du dich unwohl in deinen neuen Kleidern? Wir werden sehen, vielleicht kaufen wir dir in den kommenden Tagen Hemd und Hose in deiner Größe. Derweil musst du dich in die Lage fügen. Vergiss nicht: Soldaten an der Front fügen sich in jede Lage.»

«Sind wir Soldaten?»

«Wir sind wie Soldaten.»

Janek wollte fragen, was «wie Soldaten» bedeutete, aber er hielt sich zurück. Er erinnerte sich an das, was ihm sein Vater mehrmals eingeschärft hatte: «Frag nicht zu viel.»

3

So wandern sie einige Wochen. Manchmal scheint es Janek, als seien sie seit eh und je unterwegs.

«Sind Landstreicher anders als Menschen, die in Häusern wohnen?», fragte Janek.

Nach einer Pause antwortete Großvater Sergei: «Sie reden weniger, beobachten und lauschen dafür gern.»

«Arbeiten sie nicht auf dem Feld?»

«Sie haben keine eigenen Felder.»

«Und wovon leben sie?»

«Wie du gesehen hast: von einer milden Gabe aus Menschenhand», beeilte sich Großvater Sergei zu antworten.

Großvater Sergei hielt Janek eine trockene Scheibe Brot hin und sagte: «Landstreicher mäkeln nicht, sie essen, was da ist.»

«Heute Nacht hat mich ein kleiner Fuchs besucht», verriet ihm Janek.

«Hab keine Angst, der tut dir nichts. Du bist in einen dicken, starken Militärmantel eingepackt, und nachts knöpfe ich ihn bis über deinem Kopf zu. Sogar deine Beine stecke ich unter den Mantel. Ist dir warm?»

«Ja.»

«Dieser Mantel hat mich beim Militär beschützt, jetzt wird er dich beschützen.»

Wenn Janek sich in den Mantel schmiegt, sieht er Vater und Mutter vor sich, und sein Herz rauscht vor Sehnsucht. Nur einen Augenblick lang. Die vielen Wochen, die er bei Großvater Sergei ist, haben die geliebten, vertrauten Gestalten aus seinem Kopf gelöscht. Er träumt nicht länger vom Hausmeister oder vom Dienstmädchen. Er sieht nur noch die Felder und Wälder um sie herum.

Großvater Sergei erlaubt ihm nicht, allein umherzustromern. Man müsse diese gefährlichen Gebiete kennen, bevor man sich in ihnen bewegt. Die meiste Zeit des Tages ist Janek in den Militärmantel gehüllt, sitzt neben Großvater Sergei und betrachtet ihn.

«Was muss ich tun, Großvater Sergei, wenn ich Landstreicher sein will?»

«Schauen und denken.»

Manchmal kommt es Janek so vor, als hätte der Vater ihn nicht hierhergebracht, um ihn vor dem Krieg zu verstecken, sondern damit er das Landstreicherleben kennenlernt.

Großvater Sergei redet wenig mit den Menschen. Fragt man ihn etwas, antwortet er knapp, doch passiert es, dass freche Jungs ihn einen dreckigen Bettler nennen. Großvater Sergei schreckt das nicht ab. Er steht auf und verwünscht sie.

«Komm, mein Lieber, ich zeige dir, wie man Tee aufbrüht. Den Körper verlangt es nach solch einem Getränk. Den trinken wir zwei-, dreimal am Tag. Denn Tee nährt Körper und Seele. Selbst ein einfacher Blütentee belebt das Herz.»

«Nachts sehne ich mich nach zu Hause», gestand ihm Janek.

«Sehnsucht ist ein edles Gefühl, sie trägt uns weit fort von uns, hin zu denen, die wir lieben. Bewahre dir deine Sehnsucht, aber mehre sie nicht noch. Und jetzt stecke Beine und Kopf unter den Mantel und schließe die Augen. Gute Nacht.»

Manchmal meint Janek in der Nacht, dass Hunde sich ihnen nähern, um ihn zu beißen. Er hält den Atem an und drückt sich in das Futter des Mantels.

Am Morgen kam ein Mädchen auf ihn zu und fragte: «Woher kommt ihr?»

«Von hier», antwortete Janek.

«Wohnt ihr im Dorf?»

«Nein, wir sind unterwegs in ein anderes Dorf.»

«Seid ihr Landstreicher?»

«Sieht so aus», sagte Janek, weil ihm nichts anderes einfiel.

«Seid ihr Landstreicher oder Bettler?»

Janek wusste den Unterschied nicht. Um sich aus der Verlegenheit zu befreien, sagte er: «Warum ist das wichtig?», schob aber sogleich hinterher: «Und was machst du?»

«Ich gehe in die Schule.»

«Wie alt bist du?»

«Elf.»

«Ich bin auch elf und gehe in die sechste Klasse.»

«Wo ist deine Schule?»

«Großvater Sergei ist mein Lehrer.»

«Ist er streng?»

«Nein.»

«Sonderbar», sagte das Mädchen.

«Bist du eine gute Schülerin?», fragte Janek.

«Meine Noten sind in Ordnung. Nur im Rechnen habe ich eine Fünf.»

«Mach dir keine Sorgen. Im nächsten Jahr wirst du besser sein.»

«Wann geht ihr fort?»

«Sonntag, nach der Messe.»

«Schade. Vielleicht sehen wir uns ein anderes Mal wieder», sagte sie und ging fort.

Als das Mädchen verschwunden war, sah Janek seine Schule vor sich, sah die Kinder über den Korridor laufen, die Lehrerin Olga am Eingang zum Spielplatz eine Zigarette rauchen. Das vertraute Bild, dem er nie besondere Beachtung geschenkt hatte, wühlte ihn plötzlich auf, und er fragte sich: Warum haben sie nur mich von der Schule verwiesen?

4

Später sagte Großvater Sergei: «Heute, nach dem Frühstück, beginnen wir mit dem Exerzieren. Wenn du nicht trainierst, bleibst du schwach. Die jungen Burschen im Dorf werden dich hänseln und verspotten. Laufen ist die Grundlage für jedes körperliche Exerzieren. Wenn du regelmäßig in gleichförmigem Rhythmus, mit der richtigen Atmung läufst, streckst du dich und bekommst Muskeln in Armen und Beinen. Du wirst überrascht sein, wie sich dein Körper nach einem Monat anfühlt, auch die traurigen Gedanken werden verfliegen wie nie gewesen.»

Janek brach auf, um eine Runde um die Felder zu laufen. «Nicht so schnell, achte lieber auf einen gleichförmigen Rhythmus», wies Großvater Sergei ihn an.

Als er vom Laufen zurückkam, schmerzten seine Beinmuskeln, außer Atem und erschöpft sank er auf die Erde. Großvater Sergei sagte ihm, er solle seine Beine mit ein wenig Öl massieren. «Das ist erst der Anfang des Weges, Janek. Ein starker Körper wird dich und deine Seele schützen. Die Seele ist zart und fein, es braucht einen starken Körper, der sie schützend umhüllt.»

«Kann man die Seele sehen?», fragte Janek.

«Nein, ebenso wie man Gott nicht sehen kann.»

Janek unternimmt jeden Tag einen Morgenlauf. Anfangs erschöpfte ihn das Laufen, doch mit jedem Mal hatte er danach weniger Muskelkater.

Die nächste Übung, die Großvater Sergei ihm aufgab: auf Bäume klettern. Auch diese Übung fiel ihm erst nicht leicht. Doch nach und nach lernte er, Hände und Beine richtig zu gebrauchen, sich gekonnt an den Ästen festzuhalten und vorwärtszubewegen. Oder sich mit Schwung hinüber zum benachbarten Baum zu hangeln. Großvater Sergei steht unten neben den Bäumen und fragt: «Wo bist du? Was machst du jetzt?» Janek beschreibt ihm alles so genau wie möglich.

Noch im selben Monat trug Großvater Sergei ihm auf, ein Stück von einem Baumstamm zu suchen und Gewichtheben zu üben.

Als er zwei Monate hart trainiert hatte, fühlte Janek die Muskeln in seinem Körper, und als Jungen Steine nach ihnen warfen, wehrte er sich wütend. Bei den ersten Zusammenstößen reagierte er noch verhalten, doch allmählich wurde er immer furchtloser.

Großvater Sergeis Anweisung, die sich Janek gelegentlich ins Gedächtnis rief, lautete: «Je öfter du exerzierst, umso besser. Mit jedem Training mehrt sich die Kraft. Die meisten Menschen sind feige. Courage und Beharrlichkeit jagen ihnen Angst ein. Schade, dass sie keine Angst vor Gott haben.»

Eines Nachts versuchten zwei Jungen, ihnen ihre Bündel zu stehlen. Janek erwachte und sprang auf sie zu. Binnen kurzer Zeit überwältigten sie gemeinsam die beiden Räuber. Großvater Sergei war zufrieden, wie beherzt Janek gehandelt hatte.

Als junger Mann hatte Großvater Sergei in einer Spezialeinheit gedient. Er war ein unerschrockener Kämpfer gewesen, Meister im Langstreckenlauf und Gewichtheben, ein exzellenter Soldat. Darum hatte man ihn zum Oberleutnant ernannt. Hätte er seine Reifeprüfung machen können, dann wäre er Offizier geworden.

Der lange Militärdienst hatte ihn zu einem Nachtgeschöpf gemacht; er besaß ein scharfes Gehör, nahm als Erster jeden Geruch wahr. Ebenso erschmeckte er sofort, ob etwas frisch oder verdorben war. Mit feinem Gespür ertastete er jedes Detail.

Seitdem er blind ist, sind Großvater Sergeis restliche Sinne umso sensibler. Manchmal bleibt er mitten auf dem Feld stehen und sagt: «Es kommt Regen. Wir müssen einen Baum mit dichter Krone finden.» Obwohl nichts auf Regen deutet. Die Sonne steht mitten am wolkenlosen Himmel, kein Lüftchen regt sich. Aber der Seher in Großvater Sergei behält immer recht. Rasch zieht der Himmel sich zu, und es fällt Regen.

Die Erblindung hat ihm sein Leben, aber nicht seinen Glauben an Gott und an gute Menschen verleidet. Wenn sich Großvater mit seinem Stock vorantastet, wirkt er zaudernd, aber seine Stimme ist klar, und selbst sein Schweigen entfaltet eine immense Kraft. Sein ganzer Gang verrät den Kommandanten. Zwei Wochen zuvor trafen sie einen von Großvater Sergeis ehemaligen Rekruten, der vor lauter Aufregung kein Wort herausbrachte. Schließlich fragte er: «Wie geht es Ihnen, Herr Kommandant?»

«Gut», gab Großvater Sergei kurz zurück.

«Ich sehne mich nach der Militärzeit», sagte er und brach beinahe in Tränen aus.

«Alles hat seine Zeit. Ein junger Mann erklimmt Berge, spannt das Seil über den Abgrund und trotzt jauchzend jeder Gefahr. Im Alter ist mehr Zeit zum Nachdenken.»

«Meine Gedanken machen mich wahnsinnig, Herr Kommandant.»

«Sagen Sie sich immer: Ich für meinen Teil tue das Gute, der Rest – liegt in Gottes Händen.»

«Diese Stufe der Weisheit habe ich noch nicht erreicht, mein Kommandant.»

«Man muss das Leben gelassen nehmen, Gregor», wandte sich Großvater Sergei mit tiefer Stimme an ihn.

«Wie kann man es gelassen nehmen? Meine Frau macht mich wahnsinnig, und meine Töchter pflegen einen schlechten Umgang.»

«Genau das meinte ich: gelassen. Denn sonst verlieren Sie den Verstand. Sie schätzen die Situation ein, prüfen, welche Aussichten bestehen, und dann handeln Sie.»

«Einst besaß ich diese Haltung, mein Kommandant. Das Militär und die Gefahren lehrten mich, langmütig zu sein.»

«Auch heute können Sie sich sagen: Ich tue, was in Gottes Augen recht ist, alles andere liegt in seinen Händen.»

Gregor seufzte: «Wie gut, dass ich Sie getroffen habe, mein Kommandant. Dank Ihnen ist für einen Moment meine schöne Jugendzeit wiederaufgelebt. Ich war stolz, Ihr Untergebener zu sein. Wir alle waren stolz auf Sie. Wir haben dort gewirkt, wo es Gotteskräfte bedurfte, haben Menschen aus Schneelawinen und plötzlichen Überschwemmungen gerettet. Unser Zusammengehörigkeitsgefühl war gewaltig. Zu Fuß gelangten wir an all die gefährlichen Orte, haben selbst das Unmögliche versucht. Das Leben hatte einen Sinn.»

«Gregor, mein Freund, seien Sie mir nicht böse, wenn ich Ihnen sage: Das Leben hat auch jetzt einen Sinn.»

Gregor senkte den Kopf und schwieg.

Eine Weile saß Gregor, ohne einen Ton zu sagen, neben seinem Kommandanten. Schließlich wandte er sich an Großvater Sergei und sagte: «Mein Kommandant, es vergeht kein Tag, an dem ich nicht an Sie denke. Möge Gott Ihnen helfen. Sie sind es wahrlich würdig, dass er Sie erhört.» Ohne ein weiteres Wort zog er seines Weges.

5

Im Sommer sind die Tage lang. Stunden sitzt Janek da und schaut zu, wie sich der Himmel verfärbt. Großvater Sergei zieht an der Pfeife und fragt ab und an: «Wie sieht der Himmel aus?» Janek antwortet: «Noch ist es sehr hell.» Meistens schweigen sie. Doch manchmal bricht Großvater Sergei das Schweigen und erzählt von seiner Militärzeit, seinen Waffenbrüdern, vom Exerzieren, den Invasionen und Rettungsmanövern. Nicht jeder Soldat wird zur Rettungseinheit zugelassen. Die Aufnahmeprüfungen sind hart. Durchhaltevermögen, Findigkeit und Pflichtergebenheit sind hier gefordert. Wer diese Eigenschaften nicht mitbringt, wird nicht angenommen. Großvater Sergei schärfte seinen Soldaten immer wieder ein, dass es ein großes Privileg bedeute, in einer Spezialeinheit dienen zu dürfen. Oftmals pries er das Berufsethos eines Soldaten mit den Worten: «Sie sind mit Leib und Seele Soldat, halten Sie sich strikt an die Waffenreinheit und überheben Sie sich niemals.»

Wenn Großvater Sergei über seine Jahre im Militär spricht, flattern seine Augenlider, seine Stirn glänzt, und man merkt, dass er im Geiste klare Bilder vor sich sieht.

«Ging es hart zu in der Spezialeinheit, Großvater Sergei?», fragt Janek vorsichtig.

«Hart, aber gut», erwidert Großvater Sergei. «Ich war jung und stark, sprang wie ein Panther. Hatte das ganze Leben noch vor mir und keine Sorgen. Das war die schönste Zeit meines Lebens. Wenn ich heimkehrte, applaudierte mir das ganze Dorf. Später häuften sich die Orden an meiner Uniform. Die Kinder sahen voller Bewunderung zu mir auf, zählten und sortierten meine Orden: die wichtigsten zuerst. Sonntags in der Kirche drückten mir die angesehensten Leute im ganzen Dorf die Hand. Um ehrlich zu sein – mir schwoll die Brust vor Stolz.»

«Großvater Sergei, gehe ich auch zum Militär?»

«Das nehme ich an, aber du hast noch viele Jahre vor dir bis zur Einberufung. Wie alt bist du?»

«Elf.»

«Du hast noch viel Zeit.»

Großvater äußert sich sparsam, gibt nichts Genaueres preis. Janek lauscht, ohne ihn mit überflüssigen Fragen zu belästigen. Jede Geschichte, die er erzählt, behält er im Gedächtnis. Janek liebt Großvaters Stimme und den Tabakgeruch, den seine Pfeife verströmt. Wenn er aufgeregt ist, verschluckt Großvater die Hälfte seiner knappen Sätze, und Janek hört nur einige Worte der Geschichte, doch auch die merkt er sich gut.

Jetzt müssen sie sich erst einmal mit frischen Lebensmitteln versorgen. Also läuft Janek flink zu der Bäuerin, bei der er beim letzten Besuch zu essen gekauft hat. Vergangenen Sonntag haben sie von den Kirchgängern besonders großzügige Spenden erhalten. Darum hat Janek jetzt genug Geld in der Tasche, um etwas zu kaufen. Die Bäuerin erkennt Janek wieder und ruft ihn beim Namen. Sie holt Gurken, Tomaten, Schalotten und Kartoffeln aus dem Garten und gibt ihm dazu noch einen warmen Laib Brot, einen Krug Milch und ein Stück Käse. Die Bäuerin schlägt einen Preis vor, und Janek antwortet sofort: «Zu teuer. So viel Geld habe ich nicht.»

«Wie viel hast du?», fragt die Bäuerin.

«Einen Fünfziger.»

«Meiner eigenen Hände Arbeit: Das kann ich dir nicht für fünfzig geben.»

«Mehr habe ich nicht», antwortet Janek.

«Dann aber ohne das Brot und die Milch.»

«Dann gehe ich zu einer anderen Bäuerin», sagt Janek.

«Eine andere Bäuerin gibt dir verrottetes Gemüse und saure Milch.»

«Sie sind eine anständige Bäuerin. Letztes Mal haben Sie mir frische Lebensmittel gegeben», schmeichelt Janek ihr.

«Bei mir ist alles frisch, aber nicht umsonst», sagt die Bäuerin.

«Ich gehe», sagt Janek. «Letztes Mal haben Sie mir dasselbe für fünfzig gegeben und waren zufrieden.»

«Geh ruhig, wir werden sehen, ob jemand anders dir so frische Waren gibt wie ich.»

«Ich gehe», sagt Janek.

«Gut», sagt die Bäuerin.

«Nehmen Sie weg, was Sie wollen, nur nicht das Brot und den Käse», schlägt Janek ihr vor.

«Ich nehme auch den Milchkrug weg.»

«Den Milchkrug lassen Sie bitte.»

«Geh, dass du mir ja nicht mehr unter die Augen kommst», zürnt die Bäuerin gekünstelt. Schließlich hält Janek ihr den Fünfziger hin, dann noch zwei kleine Scheine, packt die Lebensmittel in den Sack, nimmt den Milchkrug in die Hand und wendet sich zum Ausgangstor.

«Möge Gott Sie segnen», sagt er.

Die Bäuerin erwidert seinen Gruß nicht, damit er weiß, dass sie noch immer zürnt.

Großvater Sergei hört Janeks Schritte und ruft: «Janek.»

Janek lässt den Sack von der Schulter gleiten, erzählt, was er mitgebracht und wie er um den Preis gefeilscht hat.

Großvater Sergeis blinde Augen lächeln. Auch das Feilschen hat er von Großvater Sergei gelernt, was man am besten sagen oder nicht sagen sollte. Das Wichtigste beim Verhandeln ist, dass man gleichgültig, nicht begierig wirkt.

«Wie war das Verhandeln?», will Großvater Sergei wissen.

«Anstrengend», antwortet Janek.

«Was hast du ihr gesagt?»

«Ich habe ihr gesagt: Ich gehe zu einer anderen Bäuerin.»

«Wackerer Held», meint Großvater Sergei und klopft ihm auf die Schulter.

Janek wärmt einige Äpfel im Lagerfeuer und reicht Großvater Sergei ein Stück Brot, Käse und eine Tomate. Sie sitzen zusammen und essen. Das Brot ist frisch und köstlich, die Tomate saftig und süß. Die Essensvorräte werden für zwei, drei Tage reichen, dann schnüren sie ihre Ranzen und Bündel und machen sich wieder auf den Weg.

Im Sommer ist das Wandern leichter: Sie gehen von Dorf zu Dorf. Es gibt stille, angenehme Dörfer, aber auch solche, in denen die Bewohner den Landstreichern und Almosensammlern Böses wollen und sie mit Drohgebärden vertreiben.

«Keine Sorge, Janek, mit denen wird Gott noch abrechnen.»

6

Sie hatten daran gedacht, bis Sonntag zu bleiben, am Eingang der Kirche zu sitzen und auf eine milde Gabe zu hoffen. Doch Großvater entschied, dass es besser sei, diesen Platz zu verlassen und weiterzuziehen. Einige junge Burschen gingen an ihnen vorüber und verspotteten sie, sogar eine ältere Frau schrie ihnen entgegen: «Schert euch weg von hier.»

Am nächsten Tag nach dem Frühstück, nachdem Janek seine tägliche Runde gelaufen, auf einen Baum geklettert war und seine Turnübungen absolviert hatte, brachen sie auf. Unterwegs kamen sie an Bäumen in frischem Grün vorbei, stießen auf einen weißen Hasen und sogar auf einen Kirschbaum mit reifen Früchten. Großvater Sergei erlaubte Janek nicht, die Kirschen zu pflücken, obwohl die Bäume allen Menschen gehören; er wollte nicht, dass man sage: «Die Landstreicher stehlen.»

Bevor sie das Dorf betreten, waschen sie sich im Bach. Am Mittag ist das Wasser erwärmt, sie legen die Kleider ab und steigen hinein. Trotz seines Alters ist Großvater Sergeis Körper noch stark behaart und kräftig. Aber er schwimmt nicht. «Blinden ist das Schwimmen verboten», sagt er mit einem leichten Lachen.

Das Dorf erreichen sie gegen Abend. Der Baum, an dessen Fuße sie beim letzten Besuch gelagert hatten, ist inzwischen dicht belaubt. Das Wiedersehen erfreut sie. Sie legen die Ranzen und Bündel ab, und Janek erzählt Großvater, was seine Augen sehen. Währenddessen bereitet er das Lagerfeuer vor. Noch haben sie einige Kartoffeln übrig, die Janek nun rasch im Lagerfeuer aufwärmt.

Nach einer halben Stunde ist die Mahlzeit fertig. Janek reicht Großvater eine Kartoffel, ein Stück Käse und eine Gurke, dazu dampft neben ihnen eine Tasse braunen Tees. Großvater Sergei isst langsam; nachdem er fertig gegessen hat, zündet Janek ihm die Pfeife an, setzt sich und beobachtet ihn: Großvater Sergeis Bewegungen sind still, harmonieren mit dem bedächtigen Gang seiner Gedanken.

«Soll ich Tabak kaufen gehen?», fragt Janek.

«Nicht nötig, ich habe mehr als genug», antwortet Großvater Sergei.

Lange Zeit sitzen sie wortlos da. Was das Reden angeht, vertritt Großvater eine strikte Lehre: Reden ist unnötig, tu und rede nicht. Reden schürt nur Unruhe. Zuhören ist besser. Vom Zuhören lernst du etwas.

Seitdem er mit Großvater Sergei umherzieht, befolgt er streng seine Weisungen, aber dieses Mal hält er sich nicht zurück und fragt: «Großvater Sergei, wohin haben sie die Juden vertrieben?»

«Wer weiß? Aber sorge dich nicht, dein Vater ist klug und findig.» Nach einer Pause fügt er hinzu: «Die Juden hat man immer vertrieben, auch im letzten Krieg, aber sie sind zurückgekehrt und haben ihre Häuser wiederaufgebaut.»

«Was haben die Juden Böses getan, dass man sie immer schikanieren muss?»

«Fragen, die wir nicht beantworten können, sollten wir besser gar nicht erst stellen.»

Nachts führt ein Traum ihn nach Hause, wo alles noch beim Alten ist. Nachmittags kommt Janek aus der Schule heim, und Vater kehrt aus dem Holzwarenlager zurück. Mama bereitet ein Mittagessen zu: Borschtsch mit Rahm und Käsebliny. Nach der Mahlzeit zündet Vater sich eine Zigarette an und nippt am Tee.

«Wie war die Prüfung?», fragt Vater, und Janek antwortet: «Ich habe eine Eins.» Als der Vater die Antwort hört, strahlt er vor Freude, und Janek, vor lauter Glück und Bangen, erwacht aus dem Schlaf.

Großvater Sergei ist schon aufgestanden, er hält eine Tasse Tee in der Hand, die Pfeife verströmt einen angenehmen Geruch.

«Wie hast du geschlafen?»

«Gut. Ich war zu Hause. Zu Hause ist alles beim Alten.»

«Hast du dich gefreut?»

«Ich war irgendwie durcheinander im Kopf.»

«Du hast geträumt. Der Traum ist keine Wirklichkeit.»

«Was dann?», fragt Janek.

«Im Traum zeigt uns Gott manchmal, was wir tun sollen.»

Nicht alles, was Großvater Sergei ihm erklärt, kann Janek verstehen. Wenn Großvater Sergei über Gott und sein Wirken in der Welt spricht, bleiben ihm die meisten seiner Worte unverständlich. Aber sorge dich nicht, sagt Janek zu sich, du wirst dich anstrengen und zuhören. Vielleicht wird er sogar den Befehl seines Vaters einmal nicht befolgen und nach Details fragen, damit ihm dunkle Dinge klar werden.

7

So beginnt ein neuer Tag. Janek macht seinen Morgenlauf um die Felder. Inzwischen hat er keine Mühe mehr; innerhalb einer Stunde ist er wieder bei Großvater Sergei.

Großvater Sergei empfängt ihn und fragt: «Wie war der Lauf?»

«Alles in Ordnung», antwortet Janek mit erwachsener Stimme. Unwillkürlich übernimmt er Worte und Bewegungen von Großvater Sergei. Er antwortet knapp wie ein Soldat, der einen Befehl befolgt.

An ihrem Ort werden sie sich zwei, drei Tage aufhalten. Gleich wird Janek zur Bäuerin Maria gehen, Gemüse, Milch und Brot kaufen. Großvater zieht Geldscheine, zwei Zwanziger und einen Zehner, aus der Tasche und sagt: «Verhandle wie ein wackerer Held.»

Janek erinnert sich an seinen letzten Besuch bei Maria: eine kleine, stämmige Bäuerin. Wortkarg, aber stur wie ein Esel, geht keinen Groschen runter mit ihrem Preis.

Janek läuft zu ihr, öffnet das Tor, und siehe da, Maria steht im Eingang ihres Hauses.

«Guten Morgen, Maria», sagt er laut.

«Was willst du?»

«Gemüse, Milch, Käse, wie beim letzten Mal.»

«Ich zeige dir, was ich im Garten habe.»

Es dauert nicht lange, da kommt sie mit einem Korb in der Hand zurück, darin zu finden: zwei rote Tomaten, ein Bund Radieschen, eine grüne Zwiebel, einige Gurken und Kartoffeln. Dann geht sie ins Haus, holt einen halben Laib

Brot, einen Krug Milch und ein Stückchen Käse und legt alles auf die Bank am Eingang.

«Was kostet das?», fragt Janek.

«Vierzig, nicht drunter», überrascht sie Janek zum Guten.

«Ich möchte ein bisschen Salz dazu.»

«Gebe ich dir.»

Janek bezahlt, steckt die Lebensmittel in den Sack, grüßt zum Abschied und wendet sich zum Gehen.

Da sagt sie rasch: «Vergiss nicht, mir den Krug wiederzubringen.»

«Vergesse ich nicht», sagt Janek und läuft davon.

Großvater ist mit dem Preis zufrieden und fragt: «Was ist passiert?»

«Ich glaube, sie war durcheinander», sagt Janek.

Als er das hört, lacht Großvater Sergei. Sie frühstücken ohne ein weiteres Wort. Nach dem Essen und einer ersten Tasse Tee zündet Janek Großvater Sergei die Pfeife an, und Großvater zieht sich in sich zurück.

In der Nacht träumt Janek wieder, dass er zu Hause ist. Alles steht an seinem Platz. Nur dass die Mutter sich langsam bewegt, wie nach langer Krankheit, ihr Gesicht aber sieht ganz unverändert aus. Auch der Vater bewegt sich anders als sonst.

«Was ist passiert?» Janek bringt nur diese drei Worte hervor. Der Vater und die Mutter schauen ihn an, und der Vater sagt: «Wir sind von einer sehr langen Reise zurückgekehrt. Wir haben viel gelitten. Wenn wir doch nur verstünden, warum wir gelitten haben. Es fällt schwer, darüber zu sprechen. Vielleicht schweigen wir besser.»

«Papa, aber du hast dich nicht verändert.»

«Innerlich, mein Lieber, haben wir uns sehr verändert.»

Janek will Großvater Sergei den Traum erzählen, doch er findet die Worte nicht. Seitdem er bei Großvater Sergei ist, gehen ihm die Worte aus, und er hat Mühe, einen Satz zu bilden. Tief in seinem Herzen weiß Janek, dass der Traum ihm etwas mitteilen will.

Nachdem er seinen Teedurst gestillt und seine Pfeife geraucht hat, legt Großvater Sergei seinen Kopf auf den Sack und schläft ein. Janek liebt es, ihn im Schlaf zu betrachten. Er sieht nicht wie ein schlafender Greis aus, sondern wie ein Soldat auf Reisen, der einen ganzen Tag exerziert hat. Die Jahre seines Militärdienstes sind jeder Bewegung, seiner ganzen Wortkargheit eingeschrieben. Einmal sagte Großvater Sergei einen verblüffenden Satz: «Das Militär hat mich zum Soldaten in der Armee Gottes gemacht.»

«Wie, Großvater Sergei?»

«Ich befolge die Zehn Gebote so streng wie einen Dienstbefehl. Früher bin ich gern in die Kirche gegangen, aber seitdem ich auf Wanderschaft bin, darf ich die Kirche nicht mehr betreten. Doch das Schlechte hat immer auch sein Gutes: Ich habe gelernt, ohne prächtige Gebete zu leben und stattdessen mit mir allein zu beten.»

Einmal, als sie neben dem Eingang der Kirche saßen, stand etwas entfernt von ihnen ein blinder, mit Wunden übersäter Bettler. Wegen seines erschreckenden Äußeren trat kein einziger Kirchgänger auf ihn zu. Nach der Messe, als man ihnen großzügig Geld gegeben hatte, sagte Großvater Sergei: «Nimm diese zwei Scheine und gib sie dem Blinden.»

«Mache ich sofort», sagte Janek.

Der blinde Bettler war überrascht über die milde Gabe und fragte: «Wem verdanke ich dieses wertvolle Almosen?»

«Großvater Sergei», sagte Janek.

«Möge Gott ihn segnen. Und wer bist du?»
«Mein Name ist Janek, und ich bin sein Enkel.»
«Möge Gott euch behüten.»

8

Es ist Schabbat. Janek erinnert sich an den Schabbat zu Hause. Sein Vater ging nicht in die Synagoge, aber es herrschte eine festliche Ruhe im Haus. Der Vater sitzt im Sessel und blickt in den Garten. Regt sich kaum. Er liest oder hört Musik. Gelegentlich gehen sie hinaus in den Hain gleich neben ihrem Haus. Die Mutter breitet eine Decke auf der Erde aus, sie setzen sich und essen.

Am Schabbat ist auch die Redeweise eine andere. Der Vater spricht nicht über seine Geschäfte, auch die Mutter redet nicht, und dennoch fühlen sie sich wohl zusammen. All das dauert bis zum Ende des Schabbats. Dann füllt sich das Haus mit Leuten. Der Besitzer des Sägewerks kommt, um sich zu erkundigen, wie viele Balken und Bretter vorbereitet werden müssen. Er ist ein großer, kräftiger Mann, der alle mit seiner dröhnenden Rede zum Verstummen bringt; das ganze feine Gespinst der Mäßigung und Stille, welches das Haus eingehüllt hatte, ist plötzlich zerfetzt.

Janek zieht den Kopf aus dem Gewölk der vertrauten Bilder und kehrt in die Wirklichkeit zurück: Morgen ist Sonntag. Sie werden ihre Bündel schnüren, sich auf den Weg zur Kirche machen, etwas entfernt vom Eingang sitzen und nach Leuten Ausschau halten, die ihnen ein Almosen geben.

Diese demütigende Stunde fällt Großvater Sergei schwer.

Die Soldaten der Spezialeinheit, über die Großvater Sergei befohlen hatte, sind Ehrenleute und sprechen respektvoll über jeden Menschen. Sie helfen den Schwachen, einen Bach oder eine enge Brücke zu überqueren, und wenn Hilflose straucheln, stürzen und sich verletzen, bringen sie sie in das nächste Lazarett. Großvater Sergei sitzt zwar am Eingang der Kirche, doch erbittet von keinem Menschen eine Spende.

«Ich sitze hier», sagt Großvater Sergei, «weil Gott mich offenbar Demut lehren will. Ich werde mich seinem Willen nicht widersetzen. Ich bin Soldat und erfülle seine Befehle.»

Seitdem er blind ist, legt Großvater Sergei die Bibel nicht mehr aus der Hand. Das Buch der Psalmen kann er auswendig. Er betet flüsternd, nur selten mit lauter Stimme. Häufig spricht er einen einzigen Vers laut und wiederholt ihn dann einige Male. Er hat Janek verboten, die Hand auszustrecken und zu bitten. «Sie geben oder geben nicht. Wenn nicht – bitten wir Gott, dass er uns aus seiner großen, geöffneten Hand etwas geben möge.»

Einmal, als die Gläubigen aus der Kirche strömten und die Landstreicher ignorierten, sagte Großvater Sergei zu ihnen: «Gott sieht euch und wird euch nicht vergeben.»

Vor einiger Zeit, als Großvater Sergei auf einen Hilferuf hin schnell herbeieilte, fielen zwei Raufbolde über ihn her. Großvater Sergei zögerte nicht, kämpfte mit ihnen und warf sie zu Boden. Die Umherstehenden mischten sich nicht ein, aber selbst ihr Herz verzagte, als sie Großvater Sergeis Tapferkeit sahen.

So verläuft ihre Wanderschaft. An jeder Ecke erwartet sie ein gleichgültiger Mensch oder ein Bösewicht. Janek hat gelernt, vorsichtig zu sein und mit List zu handeln. «Wir müssen unsere eigenen Schwächen kennen und uns entsprechend rüsten», redet Großvater Sergei zu Janek wie zu einem Soldaten.

Janek ist stolz, dass Großvater Sergei sein Kommandant ist, und erfüllt gewissenhaft seine Befehle. Insgeheim hofft er, dass Großvater Sergei eines Tages wieder sehen kann, wieder über seine Abteilung befiehlt und er, Janek, einer seiner besten Soldaten wird.

Sie nehmen Abschied von dem Baum, der für einige Tage ihr Zuhause war. Janek vergewissert sich einmal und noch einmal, ob sie nicht etwas vergessen haben, bringt Maria den Krug zurück, dann ziehen sie los.

Es führt kein direkter Weg von ihrem Baum zur Kirche. Sie gehen um das Dorf herum, um nicht auf Leute zu treffen, die Landstreicher hassen. Sie kommen hinter der Kirche an, legen ihre Habseligkeiten etwas entfernt ab und setzen sich nieder. Großvater Sergei wiederholt: «Nicht durch eine Spende aus Menschenhand werden wir gerettet.»

Großvater Sergeis Glaube an Gott ist stark und unanfechtbar. Immer wieder sagt er: «Gott hat's gegeben, Gott hat's genommen.» Janek versteht auch diesen Satz nicht.

Einer von den Kirchgängern gab nicht nur kein Almosen, sondern brüllte auch noch: «Geht arbeiten, ihr Parasiten.» Großvater Sergei stand auf und schrie: «Schämen Sie sich. Sie sind ein Schrecken für alle Krüppel und Schwachen. Das wird Gott Ihnen nicht verzeihen.»

Am Ende der Messe kam eine greise Frau auf sie zu, bückte sich und legte einige Scheine in Janeks Hut. Großvater Sergei sagte: «Im Namen Gottes danke ich Ihnen.» Großvater Sergeis Äußerungen sind stets überraschend. Die greise Frau erschrak und stürzte davon.

9

Ohne zu säumen, brachen sie auf. Der Weg bis zum nächsten Dorf ist lang. Es ist nicht gut, mitten in der Nacht anzukommen, besser ist man etwas früher am Tag da.

Großvater Sergei legt seine Hand auf Janeks Schulter, und forschen Schrittes gehen sie los. Obwohl er blind ist, marschiert Großvater Sergei wie ein Soldat. Am Anfang war es erschöpfend für Janek, an Großvaters Seite zu schreiten, doch jetzt geht er im Rhythmus seiner Schritte.

Sein ganzes Verhalten zeugt von seiner militärischen Vergangenheit: wie er sich die Stulpen umwickelt, sich setzt, zuhört, die Stimme erhebt, wenn ein Unrecht zum Himmel schreit, die Bereitschaft, sich selbst in Gefahr zu bringen, und die große Kraft, die Einschränkungen in seinem Leben anzunehmen, ohne sich zu beklagen.

Vor einigen Tagen hatte er Janek erklärt: «Sich beklagen nützt nichts. Wenn du entschieden hast, etwas nicht zu tun – dann tu es auch nicht. Aber wenn du entschieden hast, es zu tun – dann tu es mit ganzer Kraft. Sich beklagen ist einfach hässlich.»

Ein versäumtes Tun nennt Großvater Sergei «hässlich». Ein ungerechtes Tun nennt er «niederträchtig». Ein böses Tun nennt er «abscheulich». Großvater Sergei bemüht sich um einen präzisen Wortgebrauch.

Einstweilen gab es keinen Grund zur Sorge. Zum Abendessen hatten sie Brot, Käse, Gemüse und Kartoffeln. Wenn unterwegs alles reibungslos lief, würden sie bald unter ihrem Baum sitzen, essen und ausruhen.

So wanderten sie ihres Weges, als sie ein Rudel Hunde überfiel. Die Hunde waren offensichtlich hungrig. Anfangs versuchte Janek, sie mit Stöcken davonzujagen, aber die Hunde ließen nicht von ihnen ab. Schließlich zog Großvater die Pistole aus dem Gürtel, schoss in die Luft und vertrieb sie.

Das Dorf Janowka erreichten sie gegen Abend, als die Herde von der Weide heimkehrte. Sogleich gingen sie zu dem Akazienbaum, an dessen Stamm sie übernachten würden.

Ohne zu trödeln, machte sich Janek auf, im Wäldchen Reisig zu sammeln. Zu seinem Glück fand er reichlich trockene Zweige. Es dauerte nicht lange, und aus dem Lagerfeuer schlugen blaue Flammen. Janek füllte den Kessel mit Wasser, setzte ihn auf die Kohlen und erwärmte einige Kartoffeln im Lagerfeuer.

«Sind Lichter am Himmel?», fragte Großvater Sergei.

«Ja, Großvater.»

«Und welche Farbe haben sie?»

«Blaurot.»

«Gut, dass Gott meiner gnädig war und mir all das zeigte, was er mir gezeigt hat, als ich noch mein Augenlicht besaß: die Farben des Firmaments, die Bäume in frischem Grün, die Tiere und das Antlitz der Menschen, die ich liebte. Janek, du musst jeden Tag dankbar sein für das, was Gott dir zeigt, und das, was du siehst, in deinem Herzen bewahren. Unser Leben ist zwar kurz, doch voller Wunder. Schau sie dir an. Versäume nicht einen einzigen Sonnenaufgang. Gott hat mir das Sehvermögen genommen, aber er hat mir dich dafür gegeben, und du erzählst mir, was deine Augen sehen. Ohne dich wäre mein Leben noch blinder. Früher hatte ich einen Hund, der mich führte und nachts bewachte, ein kluger, edler Hund. ‹Prinz› habe ich ihn genannt. Plötzlich, ohne jedes Vorzeichen, wurde er krank und schied aus dieser Welt. Wisse, auch Tiere haben eine Seele. Bis auf den heutigen Tag fühle ich seinen langen Körper und sein Fell. Ich liebte es, mich mit ihm zu unterhalten. Schade, dass du ihn nicht kennengelernt hast.»

Janek bereitete eine Mahlzeit zu, und sie setzten sich zum Essen. Das Brot und der Käse waren noch frisch. Nach der Mahlzeit schenkte er Großvater Sergei und sich Tee ein und zündete dem Großvater die Pfeife an. Großvater Sergei versenkte sich ganz in den Genuss von Tee und Pfeife.

Nach einer Weile vollkommener Stille sagte Großvater Sergei: «Bringe mir bitte den Sack, dass ich meinen Kopf darauf betten kann. Ich bin erschöpft vom Wandern.» Und sogleich legte er seinen Kopf auf den Sack.

Janek saß auf seinem Platz und sann nach: Ein Tag gleicht dem anderen. Die immer selben Strecken, dieselben Pausen, dieselben Mahlzeiten und dieselben bösen Leute, die Landstreicher hassen.

Großvater Sergei hatte offenbar seine Gedanken erraten und sagte: «Jeder Tag ist ein Wunder, jeder Tag zeigt uns neue Dinge. Bloß dass die Augen, von Unbedeutendem abgelenkt, es nicht sehen.»

Gelegentlich erzählt Großvater Sergei ihm von seiner Kindheit im Hause seiner Eltern auf dem Dorf. Vom Pflügen, vom Säen, vom heiß ersehnten Regen. Im Frühling und im Sommer spielt sich das Leben draußen ab. Im Winter bleibt alles im Haus, in den Lagern und Scheunen.

«Als ich Kind war, saß ich immer am Fenster und schaute zu, wie der Schnee vom Himmel rieselte. Der Ofen ist warm, und man trinkt Milch. Damals schon wusste ich, es gibt einen Gott in der Welt, aber ich habe ihn nicht gefühlt. In den Wintermonaten repariert man das Werkzeug, erneuert Griffe, schärft Messer und Sicheln, doch hauptsächlich dreht sich alles um die Kutschen: Räder müssen ersetzt, Scharniere geschmiert und die Deichseln befestigt werden.»

Wenn Großvater Sergei von seiner Heimat spricht, klingt seine Stimme sanft. Man merkt, wie innig er mit ihr verbunden ist, und Janek hat das Gefühl, auf diesem ersten Flecken Land, mag es dort auch Bösewichte und Verbrecher gegeben haben, war der Himmel der Erde nah, und sonntags erhob der Knabenchor in der Kirche die Seele der Menschen.

In gnadenreichen Momenten erzählt Großvater Sergei Janek vom Holzwarenlager seines Vaters und seines Großvaters. Er begann nach dem Militärdienst dort zu arbeiten, als Janeks Großvater das Lager noch führte und sein Vater sehr jung war.

Das Holzwarenlager erstreckte sich über ein großes Gelände. Alle erdenklichen Sorten von Brettern und Balken gab es dort zu kaufen. Die Leute reisten aus weit entfernten Dörfern und Städten an. «Dein Großvater und dein Vater waren anständige Leute. Mangelhafte Ware haben sie nie verkauft.»

«Kanntest du meinen Großvater?»

«Gut sogar. Er war jemand, der die Tradition wahrte. War streng mit sich selbst. Als er starb, wurde mein Leben ärmer. Ich erinnere mich an jede seiner Bewegungen und jedes seiner Worte. Niemals hat er jemanden gekränkt. Sprach leise und suchte die Nähe jedes Menschen, egal ob Jude oder Fremder.»

«Großvater ist gestorben, bevor ich geboren wurde, aber ich trage seinen Namen», erklärte Janek.

«Das ist eine große Ehre, glaube mir.»

«Ich werde mich bemühen, dem würdig zu sein.»

«Möge Gott dich segnen», sagte Großvater Sergei, schloss die Augen und schlief ein.

Janek betrachtete weiter die Lichter der Nacht, die sich immer rötlicher färbten.

Gegen Morgen tauchten plötzlich zwei Bauern auf und schrien: «Schert euch weg, schmutzige Parasiten. Wenn ihr nicht abhaut, vertreiben wir euch.»

«Wir haben niemandem etwas Böses getan.» Großvater Sergei erhob sich von seinem Lager.

«Bettler sind hier nicht erwünscht. Das sind Diebe.»

«Ich bin blind, und mein Enkel Janek hilft mir. Wer sich einem Blinden in den Weg stellt oder ihm etwas Böses will – Gott wird ihm nicht vergeben.»

«Red du nicht im Namen Gottes.»

«Schämt euch.»

«Wenn ihr nicht abhaut, vertreiben wir euch.»

«Bösewichte. Der in den Höhen thront, sieht alles. Die Welt hat einen Herrn.»

Großvater Sergei weicht nicht gleich von seinem Platz. Drohgebärden schüchtern ihn nicht ein. Sie stärken nur sein Vertrauen in Gott. Nicht selten hat er heldenmütig mit großen, starken Bauern gekämpft. Sein Alter macht dem jungen Herzen keine Schande. «Ohne Wagemut verlieren wir den Abglanz von Gottes Antlitz», darauf beharrt Großvater Sergei.

Trotzdem war die Nacht nicht leise. Regen kam, und Janek beeilte sich, die Planen aus dem Bündel herauszuholen. Mit der kleinen Plane deckte er ihre Sachen ab, mit der großen sie beide selbst zu.

«Regen hat einen angenehmen Geruch», sagte Großvater Sergei, «schade, dass er das Feuer löscht und die Kleider nass macht.»

Großvater Sergei nimmt Gerüche und Geschmäcke sehr genau wahr. Wenn Janek ihm Obst oder Gemüse reicht, riecht er zunächst daran. Erst dann entscheidet er, ob es genießbar ist. Zum Ende ihrer Nachtwache hörte der Regen auf. Janek zündete das Lagerfeuer an und setzte den Kessel auf, um Wasser heiß zu machen. Es geht nichts über eine Tasse Tee am Morgen.

«Wir haben nicht geschlafen diese Nacht», sagte Janek.

«Macht nichts, wir holen nach, was wir versäumt haben.»

Janek wollte wissen, ob es einen Unterschied zwischen Landstreichern und Almosensammlern gibt.

«Ja», sagte Großvater Sergei mit fester Stimme. «Almosensammler sorgen sich um ihre Existenz und um nichts anderes. Die echten Landstreicher trachten danach, sich zu läutern, sich Gott zu nähern und dabei zugleich den Bedürftigen zu helfen. Ein Landstreicher ist innerlich kein Bettler, er ist ein freier Mensch. Zwar ist er gelegentlich gezwungen, am Eingang einer Kirche zu sitzen und um eine milde Gabe aus Menschenhand zu bitten. Aber das macht ihn nicht zum Bettler.»

Janek liebt diese Nachtgespräche mit Großvater Sergei. Nicht immer versteht er dessen Worte, doch stets erwärmen sie sein Herz. Auch ist Großvater Sergeis Zorn nicht der eines eifernden oder selbstsüchtigen Menschen. Wenn er von seinem Heimatdorf, seinen Eltern, seiner Schwester, der Kirche und dem Priester erzählt, flattern seine Augenlider.

«Werden wir auch in dein Dorf kommen, Großvater?»

«Vielleicht.» Großvater Sergei war anzumerken, dass dies für ihn keine leichte Frage war.

10

Als der Morgen heraufgezogen war, fragte Janek: «Großvater Sergei, soll ich zu Sonja gehen und Lebensmittel bei ihr kaufen?»

«Warte, schauen wir erst, wie die Stimmung im Dorf ist.»

«Sonja ist eine gute Frau, sie ist freundlich zu mir.»

«Warte ein wenig, zuerst essen wir etwas, dann entscheiden wir.»

Drohungen bringen Großvater Sergei wie gesagt nicht aus der Ruhe. Im Gegenteil, in der Stunde der Gefahr werden seine Bewegungen bedächtiger. In solch einem Moment lässt Janek Großvater Sergei nicht aus den Augen.

Nachdem Großvater vom Tee getrunken, Pfeife geraucht und eine lange Weile gelauscht hatte, was im Dorf vor sich ging, sagte er: «Jetzt kannst du zu Sonja gehen.»

Großvater Sergei kennt die Lebensweise im Dorf, er ist hellhörig, und seine Züge sind angespannt. Er weiß, wann eine Gefahr lauert und wann sie vorüber ist. Nachdem Großvater Sergei ihm erlaubt hatte zu gehen, sprang Janek auf und lief los. Sonja begrüßte ihn freundlich und fragte: «Wie geht es?»

«Gut.»

«Ist das Wandern nicht schwer?»

«Alles wunderbar, Dank sei Gott.»

«Was soll ich dir geben?»

«Dasselbe wie beim letzten Mal.»

«Gebe ich dir.»

Sogleich ging sie in den Garten, kam mit zwei roten Tomaten, Gurken, Radieschen und einigen Kartoffeln zurück. Holte aus der Küche noch einen Laib Brot, ein Stück Käse und einen Krug Milch.

Janek hielt ihr einen Fünfzigerschein hin, und Sonja feilschte nicht um den Preis.

«Danke», sagte Janek, «heute Nacht bringe ich Ihnen den Krug zurück.»

«Möge Gott dich behüten.»

Wie der Blitz kehrte er zum Baum zurück. Großvater Sergei fragte: «Wie war es?»

«Alles in Ordnung.»

Janek legte Holzscheite in das Lagerfeuer, breitete eine Decke auf der Erde aus und kümmerte sich um ihre Mahlzeit. Währenddessen sann er nach: Es gibt Menschen, die sich über dich ärgern und Steine nach dir werfen, und es gibt Menschen wie Sonja, in denen die Kerze Gottes nicht erloschen ist. Ihre Frage «Ist das Wandern nicht schwer?» hatte Janeks Herz gerührt. Sie weiß anscheinend aus eigener Erfahrung, dass ein Mensch ohne Dach über dem Kopf, der den Launen des Himmels und den dunklen Trieben des Menschen ausgesetzt ist, ein wenig Zuwendung braucht.

Am Ende der Mahlzeit fragte Janek: «Warum hassen sie die Landstreicher?»

«In ihren Augen ist jeder Landstreicher ein Dieb oder ein Sonderling oder jemand, dem man nicht trauen kann. Manche Landstreicher sind tatsächlich Diebe, aber nicht alle.»

«Hassen sie die Landstreicher genauso wie die Juden?», wunderte Janek sich.

«Der Hass auf die Juden ist noch größer.»

«Sehe ich aus wie ein Jude, Großvater Sergei?»

«Seitdem wir gemeinsam wandern, hast du dich verändert. Deine Stimme hat sich verändert. Ich nehme an, dein Gesicht ist braun geworden. Aber eines kann ich dir mit Sicherheit sagen: Deine Sprache ist absolut ukrainisch.»

«Ich habe nicht das Gefühl, dass ich mich verändert habe.»

«Das ist der Lauf der Zeit, du veränderst dich, aber du selbst merkst das erst viel später.»

«Werden die Eltern mich erkennen?»

«Da bin ich sicher.»

Später offenbarte Janek Großvater Sergei: «In der Nacht habe ich geträumt, dass uns irgendwelche Raufbolde überfallen haben. Ich wollte aufstehen und auf sie einschlagen, doch meine Hände und Beine waren gefesselt. Vergeblich habe ich versucht, mich zu befreien. Am Ende fiel ich aus großer Höhe hinunter und bin aufgewacht.»

Großvater Sergei lauschte und erklärte: «Träume sagen uns, was wir tun sollen. Das ist ein ganz gewöhnlicher Traum. Im Militär habe ich oft geträumt, dass ich von irgendwo hoch oben hinunterfalle, abwärtssegele und aufwache. Manchmal träumte ich, dass mich ein riesiger Mensch packt, nach oben hebt und dann fallen lässt.»

Großvater Sergei sagte: «Lass dich von diesen Riesenmenschen in den Träumen nicht erschrecken, das sind Phantasiegestalten. Sobald der Traum vorüber ist, lösen sie sich in Luft auf.»

«Gehen wir Sonntag zur Kirche?», fragte Janek.

«Wir werden sehen», antwortete Großvater Sergei. «Wenn es ruhig ist im Dorf, alles mit sich selbst beschäftigt ist und niemand etwas gegen die Landstreicher im Schilde führt, gehen wir. Doch wenn die Leute entscheiden, die Landstreicher zu vertreiben, dann entfernen wir uns besser.»

Am Schabbat rührten sie sich nicht von der Stelle. Janek unternahm zwar in aller Frühe seinen täglichen Morgenlauf, kletterte über die Bäume und machte einige neue Turnübungen, die Großvater Sergei ihn gelehrt hatte, doch sonst war er ganz untätig.

Großvater Sergei saß aufmerksam da. Hin und wieder fragte er, ob Leute auf der Straße seien und Kutschen am Eingang zum Wirtshaus stünden. Großvater Sergei sagt, im Wirtshaus schäumen nicht nur die Bierkrüge über, sondern auch die Triebe. Am Samstagabend betrinken sich die Leute, und wenn sie unterwegs auf einen Landstreicher, Aussätzigen oder Geisteskranken stoßen, dann sind sie ohne jedes Mitleid und vertreiben ihn. Und wenn ein Landstreicher sich zur Wehr setzt, schlagen sie ihn, bis Blut fließt.

Großvater Sergei verfolgt angespannt auch den leisesten Aufruhr im Dorf.

Nachts war die Entscheidung in ihm gereift: «Sonntag gehen wir nicht zur Kirche. Um Mitternacht brechen wir auf. Bevor wir weiterziehen, bringst du Sonja den Krug zurück.»

Großvater Sergei achtet strikt darauf, jedes gegebene Versprechen zu erfüllen. Wenn du versprochen hast, den Krug nachts zurückzubringen, dann musst du das auch pünktlich tun, dass man nicht sagt: Auf Landstreicher ist kein Verlass. Nur manchmal, wenn sie im Wald sind, der nach allgemeinem Verständnis ein Ort für alle ist, erlaubt Großvater Sergei Janek, Kirschen oder Blaubeeren zu pflücken.

Janek liebt den Wald und die Früchte, die darin wachsen. Ebenso wie die Tiere: die Eichhörnchen, Rehe und Hasen. Sie alle machen winzige Schritte, sind wachsam und hellhörig. Manchmal sitzt er eine lange Weile da, ohne sich zu regen, und beobachtet die Silhouette eines Rehs. Gelegentlich lugen blaugrüne Augen aus dem Dickicht hervor: der Wolf.

«Großvater, warum schlafen wir nicht im Wald? Ist der Wald gefährlich wegen der Wölfe?»

«Gefährlicher als die Wölfe sind die Menschen, die im Wald wohnen: Räuber, Mörder, Leute, die Menschen und Gott hassen – sie haben eine große Macht im Wald. Sie entführen Menschen und verlangen Lösegeld für sie. Und wenn sie das Lösegeld nicht bekommen, töten sie ihre Geisel.»

Großvater Sergei ist ein Mann des Militärs. Bevor sie sich auf den Weg machen, bedenkt er jedes Detail: Wo müssen sie einen Fluss überqueren, wo lauern die Gefahren, und wo stehen die Hütten mit den Leuten, die dir möglicherweise Böses antun. Einmal trat ein großer, wilder Bauer aus einer Hütte. Großvater Sergei rang mit ihm und zwang ihn zu Boden, bis jener flehte: «Lass ab von mir.» Da ließ Großvater Sergei ihn los.

11

Um Mitternacht erwachte Großvater Sergei und weckte Janek. Janek stand rasch auf, packte die Sachen zusammen und steckte sie in die Ranzen und in die beiden Bündel. «Ist alles fertig?», fragte Großvater Sergei. «Jawohl», erwiderte Janek mit einem Wort.

Und sie brachen auf. Die Nacht war finster, aber Janek kannte den Weg. Nachdem sie anderthalb Stunden gegangen waren, fragte Großvater Sergei: «Sieht man schon die Pappel?»

«Ja, Großvater.»

Großvater Sergei spricht das Wort «Pappel» mit besonderer Betonung aus, als handle es sich um ein lebendiges Geschöpf, das er sich wiederzusehen freut.

Nachdem sie die Ranzen und Bündel am Baumstamm abgelegt hatten, machte Janek sich auf, Zweige zu sammeln. Es herrschte noch immer dichte Dunkelheit, doch Janek wusste sich auch im Dunkeln zu bewegen und passendes Reisig für das Lagerfeuer zu finden.

Großvater Sergeis Wortkargheit gilt erst recht in der Nacht. Aber nachdem Janek ihm Tee eingeschenkt und ihm die Pfeife angezündet hatte, redete Großvater mit einer ganz anderen Stimme als gewöhnlich. Er wandte sich an Gott und sagte: «Danke, Gott, dass du uns bis hierher begleitet hast. Du hast uns vor bösen Menschen gerettet, und ich bitte dich, hilf uns auch weiterhin. Wir haben noch viele Dörfer vor uns bis zum Herbst. Männer wie Frauen schikanieren die Landstreicher, selbst Kinder freuen sich, wenn sie leiden. Wir tun, was wir können, aber wir bedürfen deiner Hilfe. Ohne dich haben wir keinen Helfer, nur Feinde weit und breit. Bitte, reiche uns deine gütige Hand.»

Nach diesem Bittgebet verstummte Großvater Sergei und versank in sich. Janek verharrte auf seinem Platz. Die Worte, die er eben aus Großvater Sergeis Mund vernommen hatte, hallten noch wider, bevor sie allmählich in die Stille der Nacht entschwebten.

Großvater Sergei ist mit Leib und Seele Kommandant. Auch wenn er sich an Gott, seinen Oberbefehlshaber wendet, dann ist er nicht schmeichlerisch. Er hat Großvater schon öfters beten hören, und jedes Mal hat ihn die direkte, unentwegte Art verblüfft, mit der er betet, so als redete er nicht zum Gott der ganzen Welt, sondern zu seinem persönlichen Gott, mit dem gemeinsam er in den Kampf zieht.

Immer wieder sagt er zu Janek: «Gott hat uns hierhergeschickt, damit wir etwas über die Natur des Menschen lernen und zwischen Gut und Böse zu unterscheiden wissen, zwischen Gottesknechten einerseits und Blendern und Heuchlern andererseits. Unsere ganze Wanderschaft ist ein einziges Lernen. Gott lässt uns auf hingebungsvolle und verstockte Menschen treffen. Wir müssen uns das Schöne und Gute zu eigen machen und das Hässliche und Böse verdammen.»

Unterdessen schnitt Janek das Brot und den Käse, fügte ein bisschen Gemüse hinzu, legte alles auf der Decke zurecht und sagte: «Großvater Sergei, ich lade dich zum Nachtessen ein.»

«Danke, Janek, du bist der Beste.»

Großvater Sergei kostete von dem Essen und sagte: «Das ist ein gut gebackenes Brot, darum schmeckt es köstlich. Dein Großvater, Janek, sprach über jede Mahlzeit den Segen, so wie man es tun sollte. Essen und trinken, ohne den Segen zu sprechen, ist nicht schön.»

«Großvater, bist du ein gläubiger Christ?», traute sich Janek zu fragen.

«Einst war ich das. Seitdem ich die Kirche nicht mehr betreten darf, bete ich auf meine Weise.»

«Großvater, weißt du, wie Juden leben?»

«Viele Jahre habe ich mit Juden zusammengelebt. Dein Großvater und deine Großmutter haben die Gebote gehalten. Großvater stand frühmorgens zum Gebet auf, und Großmutter servierte ihm, als er aus der Synagoge heimkam, zwei Scheiben Brot mit Butter und eine Tasse Kaffee. Sie waren bescheiden und halfen insgeheim anderen Leuten. Dein Vater und deine Mutter halten die Gesetze nicht ein, aber sie haben von den Großeltern die Bescheidenheit geerbt und helfen ebenfalls anderen Leuten.»

«Warum halten sich Vater und Mutter nicht an die religiösen Gesetze?», wollte Janek wissen.

«Sie dienen Gott auf ihre Weise. Man kann Gott auf verschiedene Arten dienen. Bedürftigen Menschen zu helfen, ist ein wichtiges Gebot. Menschen mit einem Strahlen zu empfangen, ist scheinbar ein weniger wichtiges Gebot, aber das ist nicht wahr. Wer dich strahlend empfängt, ob Mann oder Frau, erhellt dir nicht nur diesen Augenblick, sondern auch den ganzen Tag.»

Die Nacht dauerte an. Das Lagerfeuer verbreitete eine angenehme Wärme. Janek reichte Großvater Sergei eine Tasse Tee und zündete ihm die Pfeife an. Jetzt würde Großvater Sergei fest die Augen schließen und seinen Gottesdienst beginnen.

Am Anfang hatte Janek darauf gewartet, dass sein Vater kommen und ihn aus diesem Leben draußen in der Natur retten würde. Doch jetzt wartet er nicht mehr auf Wunder. Jetzt liebt er das Unterwegssein mit Großvater Sergei und das Rasten unter den Lieblingsbäumen. Das kalte Wasser, das er aus dem Brunnen oder aus der Quelle heraufholt, und das schweigsame Zusammensitzen mit Großvater Sergei am Abend.

In den ersten Monaten war er unsicher gewesen, hatte nicht gewusst, was er sagen oder fragen sollte. Großvater Sergeis Schweigen machte ihm Angst. Doch jetzt erscheint ihm alles, was er tut, sinnvoll. Es macht ihm Freude, Großvater Sergeis Anweisungen zu befolgen. Besonders lieb ist ihm das Exerzieren. Dieses Trainieren belebt ihn. Manchmal meint er, die Seele in seinem Körper sei größer geworden.

12

Das Dorf Nikolajew erreichten sie gegen Morgen. Sogleich ließen sie sich in dem kleinen Hain neben dem Dorf nieder. Janek kann sich von ihrem letzten Besuch gut an das Dorf erinnern. Es ist anders als der Rest der Dörfer. Die kleinen Häuser sind sorgsam gepflegt, und zur Zierde sind Fliedersträucher gepflanzt. Zudem wollen die Einwohner den Landstreichern nichts Böses.

Ein Soldat, der in Großvater Sergeis Einheit gedient hat, wohnt in dem Dorf, sein Name ist Kyrill. Als sie ihn zuletzt besucht hatten, empfing er sie mit strahlendem Gesicht, lud sie in sein Haus ein und nannte Großvater Sergei «mein Kommandant». Nach Monaten des Wanderns hatte er ihnen ein Dach über dem Kopf gegeben, sie gebeten, Platz zu nehmen auf einem Stuhl neben dem Tisch.

«Wie läuft's im Leben?», hatte der Gastgeber gefragt.

Großvater Sergeis Antwort ließ nicht auf sich warten: «Dank sei Gott, dem Herrn, der sich um seine Geschöpfe sorgt und auch uns nicht vergessen hat.»

«Waren die Menschen wohlwollend zu Ihnen?»

«Wir möchten nicht schlecht über seine Geschöpfe reden», antwortete Großvater Sergei.

Mit dieser Antwort hatte der Gastgeber anscheinend nicht gerechnet.

Nachdem er sich gefasst hatte, sagte er: «Verzeihen Sie mir, mein Kommandant, es gibt gute Menschen, die muss man achten, die schlechten aber muss man verachten. Nicht alle sind der Gnade Gottes würdig.»

«Lassen wir es so stehen», erwiderte Großvater Sergei und bat, nicht weiter zu debattieren.

Im Schlafzimmer liegt Kyrills Frau. Schon seit Jahren ist sie krank. Sie spricht kein Wort und öffnet die Augen nicht. Die meiste Zeit des Tages schläft sie.

Großvater Sergei fragt nicht, woran sie erkrankt ist und was die Ärzte sagen. Wenn der Gastgeber ihm das erzählen will, so wird er seinen Worten lauschen. Und tatsächlich hatte Kyrill erzählt: «Ich gebe ihr dreimal täglich zu essen, wasche sie und bete zu Gott, dass sie ins Leben zurückkehrt.»

Nachdem sie gespeist hatten, tauschten sie Erinnerungen an die Militärzeit aus. Dann machte der Gastgeber Janek und Großvater Sergei ein Bündel mit Lebensmitteln zurecht, wünschte ihnen eine gute Reise und Gottes Segen.

Dieses Mal aber gingen sie nicht geradewegs zu Kyrills Haus. Dieses Mal ließen sie sich unter dem Baum nieder. Janek beeilte sich, Reisig zu sammeln und ein Lagerfeuer zu machen. Es dauerte nicht lang, da kochte das Wasser im Kessel auf den Kohlen. Sofort bereitete er Großvater Sergei einen würzigen Tee zu und reichte ihm die Tasse.

«Mein Lieber», wandte sich Großvater Sergei an Janek, «kannst du mir meine Pfeife anzünden?»

«Sofort.»

«Tee ohne Pfeife ist wie eine Frau ohne Mann.»

Janek verstand den Vergleich und lachte.

Der Morgen war schön, die Menschen gingen schon in aller Frühe auf das Feld. Janek wollte Großvater erzählen, was im Dorf vor sich ging, doch er fand die richtigen Worte nicht.

«Sind alle auf dem Feld, auch Frauen und Kinder?», fragte Großvater Sergei.

«Auch Frauen und Kinder.»

«Das heißt, heute ist Erntetag, und alle helfen mit.»

Ohne zu säumen, machte sich Janek auf zu Olga. Olgas Haus liegt am Ende des Dorfes, neben dem Bach. Zum Glück ist sie nicht mit ihrer Familie bei der Ernte.

«Ich heiße Janek», stellte er sich vor.

«Ich erinnere mich an dich. Ich gebe dir dasselbe wie letztes Mal.»

«Ich habe nur vierzig», sagte Janek.

«Kein Problem. Dann gebe ich dir etwas weniger.»

In Windeseile brachte sie ein Körbchen voll Gemüse und Kartoffeln, ein Stück Käse, einen Krug Milch und einen Laib Brot.

«Sie haben mir mehr gegeben als beim letzten Mal», stellte Janek fest.

«Ich darf auch mal großzügig sein», sagte Olga, und beide lachten.

Großvater hörte, wie wohlwollend Olga ihm begegnet war, und sagte: «Gott ist uns gnädig.»

Janek breitete eine Decke auf der Erde aus und kümmerte sich um ihre Mahlzeit.

Nachdem er das Brot, den Käse und das Gemüse gepriesen hatte, erzählte Großvater Sergei, dass ihn diese Mahlzeit an das gemeinsame Essen auf dem Feld erinnere. Wenn sie im Militär einen Tag exerziert hatten oder in den Bergen geklettert waren, hatten das Brot und der Käse immer besonders lecker geschmeckt. Das Militär bereitet den jungen Mann auf das richtige Leben vor. Körperliche Ertüchtigung ist immer gut, doch abgesehen davon hält eine im Militär geknüpfte Freundschaft ewig.

Wenn Großvater Sergei über seinen Militärdienst spricht, flattern seine Augenlider, und er taucht ganz und gar in diese Jahre ein.

Nach der Mahlzeit versank Großvater Sergei in Nachsinnen und sog dabei an der Pfeife. Janek saß auf seinem Platz und sah sein Haus vor sich, wie er aus der Schule heimkommt, seine Mutter auf der Schwelle steht und wartet, bis er da ist und sie ihn umarmen kann.

Janek kann eine freudige Nachricht vermelden. In der Mathematikprüfung hat er eine Eins. Sein Vater kehrt aus dem Holzwarenlager zurück, und die schöne Neuigkeit bringt sein Gesicht zum Leuchten. Der Mittagstisch ist gedeckt. Jeder sitzt auf seinem Platz. Vater sagt «Guten Appetit», und die Familie fängt an zu essen.

Janek sieht jetzt ganz klar vor sich, wie seine Mutter Suppe mit der Schöpfkelle auftut.

Seit Monaten wandert Janek nun schon mit Großvater Sergei, die Sorgen und Ängste, die ihn anfangs gelähmt haben, liegen längst hinter ihm. Jetzt läuft er, und es ist, als ob er schwebte. Auf einmal erwachte Großvater Sergei aus seinem Nachsinnen und fragte: «Janek, woran denkst du?»

«An zu Hause, an Mutter und Vater.»

«Gut, dass du an sie denkst. Solche Gedanken verbinden uns mit denen, die wir lieben.»

«Spüren sie, dass wir an sie denken?», fragte Janek.

«Da bin ich sicher», sagte Großvater Sergei.

Die Worte «Da bin ich sicher» klangen so unumstößlich, dass Janek die Tränen in die Augen stiegen.

13

Am nächsten Tag schliefen sie etwas länger als gewöhnlich. Als Großvater Sergei erwachte, brachte ihm Janek einen Krug Wasser, damit er sich das Gesicht waschen konnte.

Am Samstag ist es anders im Dorf als an den restlichen Tagen. Die Frauen kochen und backen für Sonntag. Die Männer machen sauber und räumen die Arbeitswerkzeuge in den Lagern auf, striegeln die Pferde, unterhalten sich mit den Nachbarn über die Ernte und andere Angelegenheiten der Saison.

Nach dem Frühstück, als Großvater für sich einen Segen gesprochen hatte, machten sie sich auf, um Kyrill zu besuchen, Großvaters Untergebenen. Sie gingen nicht durch das Dorf, sondern außen herum. Auch in einem stillen, friedfertigen Dorf wie Nikolajew, wo man den Obdachlosen nichts Böses will, wird es nicht gern gesehen, wenn sich Landstreicher mit ihren Bündeln über die Hauptstraße schleppen.

Als sie zu Kyrills Haus kamen, sah Janek sofort: Das Haus war nicht wie vorher. Großvater Sergei stand da, horchte und fragte: «Sind die Fensterläden geschlossen?»

«Ja», antwortete Janek.

Sie gingen zur Tür, und Großvater Sergei klopfte an.

«Treten Sie ein», erklang drinnen eine Stimme. Kyrill saß auf einem Strohstuhl. Sein Gesicht war fahl, die Bartstoppeln weiß. Seine Frau, die er viele Jahre gepflegt hatte, war inzwischen verstorben.

Als Kyrill seinen Kommandanten sah, erklärte er mit

leiser Stimme: «Meine Frau Magda ist von uns gegangen. In den letzten Jahren hat sie nicht mehr gesprochen, die Augen nicht mehr geöffnet, aber ich wollte glauben, dass sie mich hört und versteht. Viele Jahre haben wir zusammengelebt. Wir hatten keine Kinder, aber ich liebte sie, und sie liebte mich. Alles haben wir zusammen gemacht, auf dem Feld ebenso wie im Haus. In ihren letzten Tagen habe ich ihr versprochen, dass wir auch im Jenseits zusammen sein werden, genauso wie wir es hier gewesen sind. Da öffnete sie auf einmal ihre großen Augen, schaute mich an und gab ohne ein Wort ihre Seele an den Schöpfer zurück.»

Großvater Sergei stand sprachlos da, der Kummer seines Freundes ließ ihn verstummen.

Schließlich fasste er sich und sagte: «Kyrill, mein Freund, Gott ist auch in dieser schweren Zeit bei Ihnen, Sie dürfen nicht verzweifeln. Als ich mein Augenlicht verloren habe, dachte auch ich, Gott hat mich verlassen. Doch ich habe mich geirrt. Richtig, er hat mir das Augenlicht genommen, Gott versucht uns, wie er unsere Väter versucht hat, aber wir haben gelernt, dass es verboten ist zu verzweifeln. Verzweiflung ist Finsternis. Sie entfernt uns von Gott.»

«Was soll ich nur tun», murmelte Kyrill und weinte.

Auch Großvater Sergei ließ den Tränen freien Lauf, doch dann beherrschte er sich und sagte seinem Untergebenen: «Sie haben Magda geliebt, und Magda hat Sie geliebt, das ist ein kostbarer Schatz, der Ihnen Trost schenken kann.»

«Jetzt habe ich niemanden mehr, den ich lieben könnte. Kinder habe ich keine, meine Eltern sind vor vielen Jahren gestorben, und auch meine geliebte Schwester ist heimgegangen. Alle sind gegangen. Jetzt bin ich ganz allein auf der Welt.»

«Kyrill», erhob Großvater seine Stimme. «Sie sind nicht allein. Gott wohnt in Ihnen.»

Als er Großvater Sergeis Worte vernahm, hörte Kyrill auf zu weinen, bedeckte die Augen mit beiden Händen und sagte nichts.

Lange Zeit saßen sie und schwiegen.

Dann fasste Kyrill sich und sagte: «Verzeihen Sie mir, mein Kommandant, ich hätte Ihnen gern etwas mitgegeben für unterwegs, aber ich habe nichts. Seit Magdas Tod arbeite ich weder auf dem Feld noch im Hof. Ich sitze fast den ganzen Tag auf dem Strohstuhl. Das ist der Stuhl, auf dem Magda immer so gern saß.»

«Dank sei Gott, dass er mich zu Ihnen geführt hat. Doch liegt es nicht in meinen Händen, Ihnen zu helfen. Ich werde Gott darum bitten, dass er Ihrem Kummer Linderung bringt», sagte Großvater Sergei.

«Wer ist dieser Junge?» Kyrill fiel plötzlich auf, dass da auch noch Janek war.

«Ich habe ihn adoptiert. Der Junge führt mich von Ort zu Ort und kauft Essen für uns.»

«Ein hübscher Junge.»

«Er ist nicht nur hübsch, er ist auch diszipliniert und hilft mir, wenn wir Felder durchqueren oder über einen Bach setzen. Wäre Janek nicht, ich wäre ein Stein.»

«Möge Gott Sie behüten», sagte Kyrill.

«Sie auch.»

Bevor sie auseinandergingen, gab Kyrill ihm einen Viertelsack Maismehl und sagte: «Damit Sie sich nachts ein warmes Essen kochen können.»

Großvater Sergei versprach, ihn in vier, fünf Monaten wieder zu besuchen.

Sie kehrten zu ihrem Platz neben dem Baum zurück.

Am selben Abend gab Großvater Sergei keinen Laut von sich. Janek ging Kyrills Gesicht nicht mehr aus dem Kopf. Es schien ihm, als wäre Kyrills Körper schon fast ganz bei seiner Frau Magda im Jenseits und als könnte er das wenige, was von ihm übrig geblieben war, kaum noch bewegen.

Währenddessen bereitete Janek die Mahlzeit vor, Brot, Käse und Gemüse, und sie setzten sich und aßen. Janek wartete darauf, dass Großvater Sergei ihm etwas über Kyrill erzählen würde, doch Großvater äußerte kein Wort. Schließlich aber sagte er: «Gott hat uns aufgetragen, das Leben zu leben, das das Schicksal uns auferlegt hat. Es läuft nicht alles glatt im Leben eines Menschen. Aber wir dürfen darum niemals in Betrübnis versinken. Die Betrübnis bringt uns hinab ins Totenreich. Man muss den Befehl Gottes erfüllen: weiterleben, auch wenn du verletzt wurdest. Über den Befehl eines Befehlshabers denkt man nicht nach, man führt ihn aus. Der Befehl eines Befehlshabers bleibt bis in alle Ewigkeit ein Befehl.»

Am Anfang ihrer Wanderschaft hatte Janek das meiste von Großvater Sergeis Worten nicht verstanden. Sie klangen für ihn geheimnisvoll, so als könnten nur seine Soldaten, die er ausgebildet hatte und mit denen er später auf Mission gegangen war, sie verstehen. Doch allmählich lernte er etwas von seinem Denken, und das hieß: niemals zu vergessen, dass Gott gerecht ist und dass jeder, der nach Gerechtigkeit strebt, weiß – Gott ist mit ihm. Ungerechtigkeit verdunkelt die Welt.

Anfangs hatte Janek sich die Ungerechtigkeit immer als einen Tag mit starkem Regen vorgestellt, an dem sich die Welt verdunkelt und das Atmen schwerfällt. Jetzt weiß Janek: Die Ungerechtigkeit ist der Feind Gottes, und Großvater Sergei hat sie öffentlich und im Verborgenen bekämpft.

14

In derselben Nacht legte sich Großvater Sergei früh schlafen. Janek blieb wach und betrachtete den Sonnenuntergang; da erschienen ihm seine Klassenkameraden. Er wollte nicht auffallen, und trotzdem fiel er auf, aufgrund seiner Größe und seines Wissens. Es gab Schüler, die ihn schätzten und liebten, doch gab es auch einige, die ihm Böses wollten.

Seine große Liebe im letzten Jahr in der Schule war Christina gewesen. Sie war nicht nur schön, sondern bis in die feinsten Züge mit Anmut erfüllt. Sie saß in der ersten Reihe und Janek hinter ihr in der zweiten. Er nahm selbst das kleinste Zucken in ihrem Gesicht wahr. Auch Christina liebte ihn. Doch sie war offensichtlich noch schüchterner als er. Jedes Mal, wenn sie sich begegneten, flohen sie voreinander.

Am letzten Tag in der Schule nahm er seinen ganzen Mut zusammen, ging auf Christina zu und erklärte: «Das ist mein letzter Tag, ich wollte dir Ade sagen und dir viel Erfolg in der Schule wünschen.»

«Warum gehst du weg?»

«Kinder von Juden dürfen nicht in die Schule.»

«Warum?», fragte sie und presste die Lippen zusammen.

«Weil sie Juden sind.»

«Das ist eine abscheuliche Ungerechtigkeit», sagte sie, und plötzlich bekam ihr hübsches Gesicht den wild entschlossenen Ausdruck eines Mädchens, das auf seine Meinung pocht.

Einige kamen auf ihn zu, drückten ihm die Hand und

wünschten ihm viel Erfolg für sein neues Leben. Christina wich nicht von der Stelle. «Das ist eine abscheuliche Ungerechtigkeit», rief sie wieder. «Wir müssen uns in den Hof stellen und Schilder hochhalten, dass wir solche Ungerechtigkeiten nicht dulden in unserer Schule.»

Die Jungen, die ihn umringten, wollten sich für diese Sache nicht weiter einsetzen. Sie rührten sich nicht vom Fleck. Die Glocke läutete und unterbrach den kleinen Tumult, doch Christina redete weiter mit lauter Stimme. Sie warf der Klasse vor, feige zu sein. «Man schließt einen guten Freund und einen guten Schüler nicht von der Schule aus, nur weil er kein Christ ist. Wir fordern, Menschen nicht nach ihrer Herkunft, sondern nach ihren Eigenschaften und ihrem Charakter zu beurteilen.» Für einen Moment wirkte sie nicht wie ein schüchternes Mädchen, sondern wie eine kämpferische Frau.

Es dauerte nicht lange, da betraten die Lehrer die Klassen, die Türen wurden geschlossen, und eine disziplinierte Stille legte sich über den Korridor.

Janek eilte hinaus und kam keuchend nach Hause.

Die ganze Nacht stand ihm Christinas Gesicht vor Augen. Und obwohl sie nicht miteinander geredet hatten, schien es ihm, als hätte er ihr vieles von sich mitgeteilt. Und sie ihrerseits hatte sich ihm mitgeteilt. In jener Nacht hörte er deutlich ihre Stimme, die sich an ihn richtete. «Verzeih mir», sagte sie.

«Warum verzeihen?»

«Weil ich nicht mit dir geredet habe.»

«Du hast doch geredet, und ich auch mit dir, bloß ohne Worte, damit uns niemand hört.»

«Sei nicht betrübt deswegen. Wir werden noch viel miteinander reden.»

Da streckte sie ihm plötzlich ihre beiden Hände entgegen und sagte: «Seitdem sie dich von der Schule geworfen haben, bist du bei mir. Es gibt keinen Augenblick, wo du nicht bei mir bist. Ich bete aus ganzem Herzen, dass du nicht lange fortbleiben musst.»

Gegen Mittag fragte Janek: «Großvater, soll ich uns Maisgrütze machen?»

«Eine ausgezeichnete Idee. Dank sei Gott, dass wir mit diesem guten Getreide versorgt sind. Kyrill wusste, was wir brauchen. Weißt du, wie man Maisgrütze zubereitet?»

«Ja, das weiß ich. Ich habe es geliebt, wenn Mama Maisgrütze gekocht hat. Ich habe ihr genau dabei zugesehen.»

«Gelobt seist du.»

Bei diesem Gespräch stiegen Janek die Tränen in die Augen, er trat zur Seite, damit Großvater Sergei nicht hörte, wie er weinte.

Es dauerte keine halbe Stunde, und die Grütze war fertig. Janek reichte Großvater einen vollen Teller und streute Käsebrösel darüber. Und auch er selbst nahm sich davon.

Großvater kostete und sagte: «Die Grütze ist ausgezeichnet. Seit Tagen hatten wir kein so warmes und köstliches Essen. Aber auch das einfachste Essen ist ein Geschenk des Himmels. Die Menschen neigen dazu, das Essen, das sie gewohnt sind, für weniger wertvoll zu halten.»

Nach dem Essen überlegte Janek, Tabakblätter kaufen zu gehen, aber sie hatten nicht mehr genug Geld.

Janek sagt nicht: «Nichts zu machen.» Großvater hatte ihn einst darauf aufmerksam gemacht, dass man so etwas nicht sage. Denn in diesem Satz liege ein Quäntchen Verzweiflung.

Großvater Sergei ist groß und stark, und bevor er blind

wurde, war er vermutlich noch größer. Menschen haben ihre Stimmungen. Großvater Sergei lässt sich von Stimmungen nicht beeinflussen. Bevor er den Sack zusammenfaltete und seinen Kopf darauflegte, sagte er: «Beten wir, dass Gott sein Angesicht leuchten lasse über Kyrill und ihn aus seinem Trübsinn befreie. Er war ein kühner Kämpfer, der den Feind furchtlos angriff. Beten wir, dass seine geistige Stärke ihn auch jetzt nicht verlässt.»

Währenddessen näherte sich ihnen ein Bauer und fragte: «Seid ihr Landstreicher?»

«Sie sagen es», antwortete Großvater Sergei und erhob sich.

«Fällt euch das Wandern nicht schwer?»

«Doch», antwortete Großvater Sergei in einem Wort.

«Habt ihr kein Zuhause?»

«Nein.»

«Ich verstehe nicht, wie man so leben kann.»

«Man lebt einfach», antwortete Großvater Sergei, «wir haben gelernt, uns nicht zu beklagen.»

«Und wer hilft euch trotz allem?»

«Gott.»

Der Bauer war sprachlos vor Überraschung, als ihn dieses Wort traf. Er stand einen Moment wie angewurzelt, ohne weiter zu fragen, dann setzte er seinen Weg fort.

Großvater Sergei bat um eine Tasse Tee, und nachdem er getrunken und seine Pfeife geraucht hatte, sagte er: «Wir haben kein glanzvolles, aber ein sinnvolles Leben.»

«Großvater Sergei, seit wann bist du auf Wanderschaft?», fragte Janek vorsichtig.

«Seit vielen Jahren. Als dein Vater bankrottging, all seinen Besitz verlor und ich keinen Menschen in der Stadt hatte, wollte ich nicht auf die Straße betteln gehen. Also habe ich beschlossen, durch die Dörfer zu ziehen und mich sonntags an die Eingänge der Kirchen zu setzen.»

«War das Wandern anfangs schwer, Großvater Sergei?»

«Absolut. Aber durch die Einsamkeit bin ich Gott nähergekommen. Ich habe gelernt, ihm zu vertrauen und ihn zu lieben.»

15

Zum Abendessen bereitete Janek Gemüse, Brot und Käse vor. Großvater Sergei war zufrieden, aber sehr in sich gekehrt. Am nächsten Tag war Sonntag, am Morgen würden sie die Bündel und Ranzen packen und sich auf den Weg zur Kirche machen. Diese Stunde fällt Großvater sehr schwer; dazusitzen und auf eine milde Gabe aus Menschenhand zu warten ist eine Schmach.

Janek stand früh auf, machte seinen Morgenlauf, gab Großvater eine Tasse Tee und zündete ihm die Pfeife an.

Großvater Sergei war in guter Stimmung, scherzte und sagte: «Lass uns zur Kirche gehen und es wie Soldaten machen, die einen Befehl ausführen. Häufig wird eine Einheit ausgesandt, um den Dreck zu beseitigen, der sich am Wegesrand angesammelt hat. Eine belanglose Tätigkeit, die die Soldaten bloß beschäftigen soll, damit sie nicht träge werden. Wir machen das genauso. Doch tief im Herzen wissen wir, das ist ein schnöder Auftrag und keine freie Wahl.»

Nach kurzem Schweigen sagte Großvater Sergei: «Gott hat dich zu mir geschickt. Was würde ich nur ohne dich tun?»

Janek wusste nicht, was er sagen sollte, er sagte bloß: «Danke.»

«Du musst dich nicht bedanken, ich habe zu danken.»

Sie kamen zu der Kirche, blieben stehen und setzten sich an den Weg, der zu ihrem Eingang führte. Janek nahm den Hut ab und legte ihn auf die Erde.

Die ersten Kirchgänger kamen, ohne ihnen Beachtung zu schenken. Janek stand auf, den Hut in der Hand, wollte ihnen «Missachtet nicht die Hilfsbedürftigen» zurufen, so wie es die Bettler und Krüppel machen, aber er hielt sich zurück. Großvater Sergei hatte ihm verboten, mit lauter Stimme zu betteln. Es gibt nur einen Einzigen, an den man sich wendet und um Gnade bittet.

Einer der Kirchgänger bückte sich und legte einen kleinen Schein in Janeks Hut. Diese kleine Spende erfreute ihn. Er hoffte, dass daraufhin auch noch andere spenden würden.

Der Gottesdienst zog sich eine Weile hin. Als er zu Ende war, gingen die Gläubigen hinaus und gaben hier und da einen kleinen Schein. Auch Janek bekam einige.

Er war enttäuscht. Großvater Sergei spürte das und sagte: «Wir haben, Gott sei Dank, genug Maismehl, davon werden wir satt. Wir dürfen nicht undankbar sein.»

Ohne zu säumen, zogen sie weiter. Unterwegs trafen sie einen Bauern, der im Schatten eines Baumes ausruhte. Großvater Sergei fragte: «Wie entwickelt sich der Krieg?» Zunächst verstand der Bauer seine Frage nicht, doch dann antwortete er: «Manche sagen, die Deutschen schreiten von Sieg zu Sieg, andere sagen, die Russen erstarken wieder und holen zum Gegenschlag aus.»

«Wohin haben sie die Juden von hier gebracht?», fragte Großvater Sergei.

«Man hat sie zu großen Gruben gebracht und davor erschossen», teilte der Bauer sachlich mit.

«Woher wissen Sie das?»

«Ich habe es mit eigenen Augen gesehen.»

«Man hat sie ohne Grund getötet?»

«Man hat sie getötet, weil sie Juden sind.»

Großvater fragte nicht weiter. Ohne den Bauern zum Abschied zu grüßen, setzten sie ihren Weg fort.

Anfangs begriff Janek nicht, was der Bauer gesagt hatte, doch als er es verstand, verkrampften sich seine Beinmuskeln, er konnte sich kaum noch vorwärtsschleppen. Schließlich hielt er sich nicht länger zurück und fragte Großvater Sergei: «Stimmt es, was der Bauer sagt?»

«Die Bauern neigen zur Übertreibung, sie haben eine blühende Phantasie», versuchte Großvater, ihn rasch zu beruhigen.

«Hassen die Bauern Juden?»

«Ja», meinte Großvater kurz.

Von da an fragte Janek nicht mehr. Sie machten neben einem Baum Rast. Großvater Sergei spürte, dass Janek erschöpft war, zündete sich selbst die Pfeife an und versank in Nachsinnen.

Janek wollte Großvater Sergei nach den Juden fragen, doch er fragte nicht.

Der Anblick des Bauern, wie er dagesessen hatte, hatte ihn erschreckt, und erst jetzt fühlte er das ganze Ausmaß des Entsetzens, das er in ihm ausgelöst hatte.

Schließlich überwand er sich und sagte: «Großvater Sergei, ich habe Angst.»

«Wovor? Vor wem?»

«Vor dem Bauern, mit dem du gesprochen hast.»

«Was an ihm hat dir Angst gemacht?»

«Was er von den Juden erzählt hat.»

«Angst ist verboten, mein Lieber, Angst macht uns klein.»

Janek verstand, dass er in Verzweiflung geraten war, wo er doch stark sein musste, um den Eltern und Großeltern zu helfen, wenn sie aus der Vertreibung zurückkehrten.

Er war erschöpft und schlief auf seinem Platz ein.

Im Schlaf war er in der Schule. Die beiden Raufbolde aus der Klasse hänselten ihn, nannten ihn «Juden» und kreischten: «Was machst du hier? Geh zu den Juden.» Janek betrachtete sie, und mit einer schnellen Bewegung, die Großvater ihn gelehrt hatte, warf er beide zu Boden. Sie lagen da und kamen nicht mehr auf die Beine. Entsetzen machte sich breit.

Schon fünf Monate war er nicht mehr in der Schule gewesen.

Plötzlich erhob sich Christina von der Bank und sagte: «Janek, wo warst du, du hast dich sehr verändert. Ich habe dich fast nicht wiedererkannt. Du bist viel größer, das passt zu dir.»

«Ich habe trainiert», erwiderte er.

«Wunderbar», sagte Christina. «Bist du dann jetzt wieder bei uns?»

«Noch nicht, erst muss ich das ganze Trainingsprogramm absolvieren.»

Christina trug den blauen Pullover, den Janek an ihr besonders liebte.

Ihr Gesicht war noch hübscher geworden, seit er sie zuletzt gesehen hatte.

Als er aus seinem Schlaf erwachte, stand die Sonne noch am Horizont.

16

Das Dorf Krylowka erreichten sie gegen Abend, mit der Heimkehr der Herde von der Weide.

Großvater Sergei fragte wie immer: «Wie sieht es aus?» Und Janek antwortete rasch: «Alles unverändert.»

«Und welche Farbe hat der Himmel?»

«Rotgrün.»

«Findest du es schön?»

«Sehr», erwiderte Janek schnell.

«Und dennoch hat sich etwas verändert. Nicht jeden Tag ist der Himmel rotgrün gefärbt. Jeden Augenblick ändert sich etwas in der Natur. Schade, dass wir diese wundersamen Veränderungen nicht beachten. Ein Mensch wie ich, dem es nicht mehr gegeben ist, diese Wunder mit seinen Augen zu sehen, weiß, was ihm vorenthalten bleibt. Aber Dank sei Gott, dass er sich in seiner Phantasie ausmalen kann, was er einst gesehen hat.»

Dieses Mal hatten sie nur wenig gebettelt und würden sich nichts Frisches zu essen kaufen können. Aber deswegen durften sie nicht verzweifeln. Sie hatten immer noch Maismehl, ein Stück Käse und Tee.

Janek kochte Maisgrütze und reichte Großvater Sergei einen randvollen Teller. Großvater kostete und sagte: «Ausgezeichnet.» Dann füllte Janek sich selbst einen Teller und setzte sich auf seinen Platz.

Sie waren erschöpft vom Wandern und wollten sich schlafen legen. Da tauchte plötzlich ein großer, schlanker Mann mit langen Haaren in der Finsternis auf und begann sofort, über die Landstreicher zu wettern, die an all den Nöten schuld seien: den Krankheiten, den schlechten Ernten, den seltsamen Todesfällen, dem Regen zur unrechten Zeit. Alles ihre Schuld. Die Landstreicher würden nicht nur stehlen, sondern auch den Kindern nachts Angst einjagen. Die müsse man einsperren.

Großvater Sergei hörte und verstand sofort, mit wem er es zu tun hatte. Er baute sich auf und sagte: «Woher haben Sie diese Ammenmärchen?»

«Was soll das heißen? Alle sagen das.»

«Und ich sage Ihnen, das sind Ammenmärchen.»

«Nein, das stimmt», sagte der Mann und sprang vor Wut wie ein kleiner Junge.

«In der Bibel steht geschrieben: Du sollst deinen Nächsten lieben wie dich selbst. Man muss jeden Menschen lieben, egal, ob er ein Haus besitzt, ein Landstreicher oder ein Krüppel ist. Man muss alle lieben.»

«Warum habe ich daran nicht gedacht?», sagte der Mann und griff sich an den Kopf.

«In Zukunft werden Sie daran denken.»

«Die Gebote, die in der Bibel stehen, darf man nicht vergessen», sagte der Mann mit kindlichem Erstaunen im Gesicht.

«Jetzt werden Sie sie nicht mehr vergessen», sagte Großvater Sergei.

«Was soll ich tun?», fragte der Mann.

«Das Gute», redete Großvater Sergei ihm mit leiser Stimme zu.

«Richtig.»

«Jetzt gehen Sie schlafen, es ist schon spät.»

«Das mache ich», sagte der Mann und lief in Richtung Dorf davon.

Verschiedene Menschen, Männer wie Frauen, waren ihnen unterwegs begegnet, aber so einen Sonderling hatten sie noch nie getroffen.

Janek reichte Großvater eine Tasse Tee, zündete ihm die Pfeife an, und lange Zeit saßen sie zusammen, ohne ein Wort zu sprechen.

Janek sah jetzt die klaren, langen Sommernächte im Garten ihres Hauses vor sich, das abwechslungsreiche Abendessen. Die meisten Sommernächte hatten sie gemeinsam verbracht. Der Abschied war überstürzt gekommen, so überstürzt, dass Janek ihn beinahe gar nicht bemerkt hatte. Vater war nachmittags in den Keller heruntergestiegen und hatte ihm verkündet, dass sie sofort gehen und Großvater Sergei suchen mussten. «Großvater Sergei wird auf dich achtgeben, bis wir zurück sind.» Janek erinnerte sich, wie der blinde Großvater Sergei aufmerksam horchend im Eingang des Warenlagers gestanden hatte.

Die ganze Nacht suchten sie nach ihm, und es gab Momente, da wollten sie schon nach Hause zurückkehren. Doch dann entdeckte der Vater plötzlich einen Menschen, der unter einem Baum saß und eine Pfeife rauchte. Er erkannte ihn und rief: «Sergei.»

Das ist jetzt acht, neun Monate, vielleicht auch länger her. Seitdem hat Janek sich verändert, ist gewachsen, hat breitere Schultern, einen selbstsicheren Gang bekommen. Springen fällt ihm leicht. Großvater Sergei achtet eifrig darauf, dass er täglich exerziert. Neuerdings lehrt er ihn Boxen. Großvater Sergei hat trotz seiner Beeinträchtigung schon häufig Bauern überwältigt, die größer waren als er.

Großvater Sergei schlief ein. Janek faltete einen Sack zusammen und legte seinen Kopf darauf. Sofort sah er Christina vor sich, nicht so, wie er sie während all der Jahre in der

Schule gesehen hatte – hübsch und schweigsam –, sondern so wie am Tage, an dem er gehen musste, als ein Mädchen, das viel Kraft in sich hat. Jetzt hörte er auch ihre Stimme: «Ungerechtigkeit macht die Welt hässlich, und in diesem Moment macht sie uns hässlich», zürnte sie. Zu ihrer Schönheit trat damals ein Ausdruck von Stärke. Alle waren erstaunt, doch niemand sagte einen Ton. Einige kicherten. Janek war verlegen und erschrocken, den ganzen Nachhauseweg hämmerten Christinas Worte in seinem Kopf.

Als er die Treppe im Haus hinaufstieg, kam die Mutter ihm entgegen und fragte: «Was ist passiert?»

«Sie haben mich von der Schule geworfen.»

«Für wie lange?»

«Für immer.»

«Haben sie gesagt, warum?»

«Nein.»

Die Mutter war kurz davor, in Tränen auszubrechen, doch sie hielt sich zurück. Dann fasste sie sich und sagte: «Sorge dich nicht, mein Kind, du warst und wirst immer ein ausgezeichneter Schüler sein. Es wird ihnen noch leidtun, dass sie dich rausgeworfen haben. Die werden dich noch um Verzeihung bitten.»

Doch das war nur der Anfang. Das kleine, schöne Städtchen verwandelte sich binnen eines Tags in eine Falle. Die Juden durften nachts ihre Häuser nicht mehr verlassen. Gendarmen und Soldaten brachen in ihre Häuser ein, plünderten sämtliche Wertgegenstände und nahmen anschließend die Alten und Kinder mit sich.

17

Am nächsten Tag stand Janek früh auf und machte seinen Morgenlauf. Als er zurückkehrte, schlief Großvater Sergei noch. Also kletterte er auf einen hohen Baum bis zur Krone hinauf, ließ sich geschmeidig wieder hinabgleiten und machte sich dann daran, ein Lagerfeuer vorzubereiten.

Wäre Kyrill nicht gewesen, der sie mit einem Viertelsack Maismehl versorgt hatte, wären sie in einer sehr unglücklichen Lage gewesen.

Am Mittag wird er zu der Bäuerin gehen, deren Namen er vergessen hat, und bei ihr mit dem Geld, das sie erbettelt haben, Milch und Käse kaufen.

«Almosensammler sorgen sich die meiste Zeit darum, was sie essen und anziehen sollen, und haben nicht die Freiheit, sich mit ihrer Seele und dem Sinn ihres Lebens zu befassen. Wir müssen achtgeben, dass wir nicht in diesem Morast versinken», warnte Großvater Sergei.

Wenn Großvater Sergei über Glaubensfragen spricht, richtet er sich zu voller Größe auf, seine Stirn blitzt, und man sieht, dass er mit einer anderen Welt verbunden ist. Einmal sagte er ihm voller Begeisterung: «Janek, öffne deine Augen und betrachte all die Wunder um uns herum. Ein blühender Baum ist keine Kleinigkeit. Er spricht zu uns genauso wie ein Kalb auf dem Feld, das sich freut, wenn es uns von Weitem sieht.»

Als Großvater Sergei aus dem Schlaf erwachte, kochte das Wasser schon, und Janek ging hin, um ihm eine Tasse Tee zuzubereiten.

«Wie hast du geschlafen, Janek?», fragte er.

«Gut.»

«Hast du geträumt?»

«Ja, aber ich habe vergessen, was.»

«Mir scheint, ich habe dir schon einmal gesagt, dass Gott auch in den Träumen mit uns redet.»

Janek schenkte Großvater eine Tasse Tee ein und zündete ihm die Pfeife an.

«Der Tee ist gut», sagte Großvater Sergei.

Danach ging Janek zur Bäuerin. Die meisten Menschen im Dorf, Männer, Frauen und Jungen, waren ausgezogen, das Getreide zu schneiden, nur die Alten waren daheimgeblieben, um auf die Häuser achtzugeben. Es war still, in den Gehegen und Ställen hörte man die Pferde und Kühe.

Auf einmal hielt Janek inne und sagte zu sich: «An diesen friedvollen Anblick werde ich mich für immer erinnern.»

Doch sobald er diese Worte geäußert hatte, war er über sich selbst entsetzt und lief los, hinüber zu dem Haus, wo er vor zwei Monaten Brot, Milch, Käse und Gemüse gekauft hatte.

Die anderen Familienmitglieder waren auf dem Feld, die Greisin stand im Eingang des Hauses und fragte: «Was wünschst du?»

«Ich möchte Milch und Käse kaufen.»

«Wie viel hast du?»

«Zwanzig.»

«Ich bringe dir ein Stück Käse und einen Krug Sauermilch.»

«Seien Sie bitte großzügig, Großmutter.»

«Für einen Zwanziger verlangst du frische, schmackhafte Ware, und damit nicht genug hast du auch noch Sonderwünsche?»

«Großmutter, geben Sie so viel, wie Sie bereit sind zu geben.»

«Gut, dass du es zurücknimmst.»

Janek beeilte sich nicht, zu dem Baum zurückzukehren. Die Stille und die blühenden Bäume nahmen seine Augen gefangen; Bilder von den Ferien mit seinen Eltern in den kleinen, hübschen Pensionen in den Bergen, von den langen Ausflügen, den leckeren Mahlzeiten im Schatten hoher Bäume stiegen aus seinem Herzen auf.

Über was sie an jenen langen Tagen, als die Zeit stillstand, gesprochen hatten, daran erinnerte er sich nicht. Damals las er Jules Verne und Karl May; diese Bücher waren seine ganze Welt.

Seitdem er von zu Hause fortgegangen war, hatte er sich verändert. Zu Hause kannte man seinen Namen nicht mehr. Wenn Großvater Sergei sagt: «Janek, sei so lieb», dann scheint es ihm, als hätte er schon immer «Janek» geheißen.

Auch die Frauen, die ihm Nahrungsmittel verkaufen, nennen ihn, oftmals liebevoll, «Janek».

Ob Großvater Michael wohl zornig auf mich ist, dass ich meinen Namen abgelegt habe, fragt Janek sich und weiß keine Antwort. Großvater Sergei wagt er nicht zu fragen.

Wenn der Krieg zu Ende ist, kehre ich heim, und die Eltern werden mich wieder bei dem Namen nennen, den ich so liebte – Michael.

Als er zu dem Baum zurückkehrte, sah Janek mit Entsetzen, dass Großvater Sergeis Gesicht blutete.

«Großvater Sergei», sagte er und fiel auf die Knie.

«Das ist nichts, du musst dich nicht erschrecken. Einer von den Raufbolden aus dem Dorf kam zu mir, verfluchte mich und drohte, er würde mich schlagen, falls ich mich nicht wegscherte. Da erhob ich mich und schlug zu. Er wollte mich zu Boden werfen, kratzte mich. Ich schlug weiter auf ihn ein.»

«Schmerzen die Wunden, Großvater Sergei?»

«Nein, sie brennen nur ein bisschen.»

«Ich wasche dir das Gesicht. Mutter hat mir Jod und Verbandszeug mitgegeben.»

«Gott segne deine Mutter.»

Großvater Sergeis Gesicht war ordentlich zerkratzt. Janek wusch es vorsichtig und trug Jod auf.

«Du hättest Sanitäter in meiner Einheit werden können», sagte Großvater Sergei.

Janek wusste nicht, was er darauf antworten sollte, und sagte schließlich: «Ich hoffe, das Jod heilt die Wunden.»

«Wir essen zu Mittag, und am Nachmittag verlassen wir diesen Ort: Beim Militär nennt man das ‹kontrollierten Rückzug›.»

Janek kochte Maisgrütze, drapierte einige Käsestreifen auf den Rand des Tellers und verfeinerte alles mit ein paar Löffeln Sauermilch. Milch und Käse verliehen der Mahlzeit eine besondere Note.

«Tut es weh, Großvater Sergei?»

«Nein. Wer beim Militär war, ist Verletzungen gewohnt. Ein Soldat ohne Narben ist kein Soldat.»

Sie aßen in Ruhe, ließen nichts von der Grütze und der Sauermilch übrig; Janek bereitete Großvater Sergei einen würzigen Tee zu und zündete ihm die Pfeife an. Großvater Sergei versank immer mehr in sich.

Janek machte den Topf, die Teller, Löffel und Tassen sauber, trocknete sie ab und steckte alles in die Tasche.

In den vergangenen Monaten mit Großvater hatte er gelernt, die Dinge, die sie zum Essen benutzten, zu ehren.

Besteck ist ein Teil von dir, du musst es hüten wie deine eigene Hand.

Dann fragte Janek Großvater Sergei: «Wohin wollen wir?»

«Ich denke, nach Schadowa. Aber es hängt nicht alles von uns ab.»

«Und wo kommen wir am Ende an?», fragte Janek.

«Dort, wo Gott uns haben will.»

Janek fragte nicht weiter. Jetzt würde er über Dinge nachsinnen, die Großvater Sergei ihm gesagt hatte. Manchmal sickern Großvaters Worte in ihn ein und tauchen im Traum wieder auf.

18

Und wieder machten sie sich auf den Weg. Ranzen und Bündel waren schwer, doch im Laufe der Zeit hatte Janek gelernt, mit der schweren Last zurechtzukommen. Gelegentlich sagte er sich: Die Eltern und Großeltern haben es gewiss schwerer.

Das gemeinsame Wandern mit Großvater Sergei ist wie beim Militär: Du trainierst den ganzen Tag, bist hellwach und angespannt, auf jede Katastrophe gefasst und dennoch ein freier Mensch.

Nachdem sie eine Stunde lang angestrengt gegangen waren, machten sie eine Pause und ruhten unter einer hohen Eiche mitten auf dem Feld aus.

Da hob Großvater an und sprach: «Auf der Wanderschaft erkennt der Mensch, was wesentlich und was nichtig ist, was flüchtig und was beständig und unvergänglich ist, was Wahrheit und was Lüge ist. Wenn ein Mensch bequem zu Hause sitzt, vergisst er das Allerwichtigste. Er ist mit Alltagssorgen beschäftigt, streitet über Kleinigkeiten, denkt nur an sich selbst und an seinen Besitz. Erst wenn ein Mensch draußen umherzieht, ohne ein eigenes Haus, nur der Himmel über ihm und die Erde unter ihm, begreift er, dass die Wanderschaft, sei sie auch noch so schwer, ihn läutert.»

Janek lauscht auf jedes Wort, das aus Großvater Sergeis Mund kommt. Manches versteht er nicht. Aber die Musik seiner Rede ist wohltuend für seine Ohren. Mitunter scheint es ihm, als wären Großvater Sergeis Worte nichts als Musik.

Ich muss die Musik erfassen, vielleicht verstehe ich dann auch seine Worte, sagt er sich bisweilen.

Danach erhoben sie sich und brachen auf. Jetzt erinnerte Janek sich: Die ersten Tage mit Großvater Sergei waren voller Furcht, Unruhe und Sehnsucht nach den Eltern gewesen, jede Nacht vor dem Einschlafen hatte er sich gesagt: Morgen wird Papa mich abholen.

Großvater Sergei seinerseits machte es ihm nicht leichter. Er zeigte ihm, dass ein Mensch, der ein Landstreicherleben führt, Gefahren ausgesetzt ist und lernen muss, sich selbst zu verteidigen. «Du kannst das. Wenn du willst, kannst du es. Gott hilft denen, die sich anstrengen.»

Einmal fragte er Großvater Sergei, ob auch ein Soldat Angst hat.

«Gewiss hat er Angst. Jedes lebendige Geschöpf hat Angst. Aber er lernt, dieser Angst Herr zu werden. Das ist der Kern der ganzen Lehre.»

Sie erreichten das Dorf am Abend. Aus den Schornsteinen der Häuser stieg dünner Rauch, eine große Ruhe lag über allem. Die Frauen in den Häusern bereiteten das Abendessen vor, in einigen saß die Familie bereits am Tisch. Janek musste an zu Hause denken. Der Vater pflegte zu dieser Zeit aus dem Warenlager heimzukehren, und die Mutter freute sich auf ihn. Janek liebte die Blinys, die seine Mutter mit einer köstlichen Walderdbeersoße krönte. Das Abendessen war immer leicht und schmackhaft.

«Woran denkst du?», fragte Großvater Sergei.

«An zu Hause.»

«Du hast ein gutes Zuhause. Dein Großvater war ein edler Mann, und Vater hat viel von seinem edlen Wesen geerbt. Sie haben den Leuten stets geholfen, egal, ob sie etwas hatten oder ihre wirtschaftliche Lage gerade schlecht war. Bei dir zu Hause wird nicht gestritten. Dein Großvater bewahrt die Tradition, oft hat er mir gesagt: Sergei, du darfst nicht in Betrübnis versinken, die Betrübnis bringt uns hinab ins Totenreich, ein Mensch muss sich freuen über sein Los. Anfangs habe ich seine Worte nicht verstanden. Wie soll ein armer Krüppel sich über sein Los freuen? Doch allmählich begriff ich, dass ein Mensch, der sich an Gott hält, Grund zur Freude hat. Viele Dinge über Gott und den Menschen habe ich von ihm gelernt. In ihm lebten viele Generationen des Glaubens und der Weisheit fort.»

«Sind alle Juden wie er?», fragte Janek und erschrak vor seiner Frage.

«Nein, leider nicht.»

«Warum?»

«Sie haben den Glauben verloren.»

«Alle?»

«Nicht alle, aber viele.»

«Warum ist das passiert?»

«Das ist wie bei einer großen Liebe. Manchmal erlischt

die Glut. Die Juden waren Gott über Generationen mit Herz und Seele ergeben. Und auf einmal, in der letzten Generation, erlosch ihr Glaube.»

«Kommt der Glaube zurück?»

«Da bin ich sicher.»

«Warum hassen alle die Juden, und nur du bist ihnen wohlgesinnt?»

«Ich kenne ihr Leben, ihren Glauben und ihr Leiden. Es ist nicht leicht, Jude zu sein, egal ob du religiös bist oder nicht. Plötzlich reißt man dich aus deinem Haus und verschleppt dich ins Ungewisse.»

Großvater Sergei verfiel in Schweigen, wie er es ab und an tat, und Janek fragte nicht weiter.

Janek zog los, um Reisig zu sammeln, brachte einen trockenen Zweig und schnitt ihn sofort in Stücke. Erst als Janek Großvater Sergei eine Tasse Tee reichte und ihm die Pfeife anzündete, tauchte Großvater wieder aus der Welt auf, in die er versunken gewesen war, und fragte: «Alles in Ordnung?»

«Ja. Ich bereite gerade Maisgrütze zu.»

«Gott segne dich.»

Sie setzten sich und aßen. Sie nahmen sich Zeit, und Janek fühlte Großvaters Segen auf sich ruhen. Er war erschöpft von den Ereignissen des Tages. Ohne eine Decke auf der Erde auszubreiten, einen Sack zusammenzufalten und ihn unter seinen Kopf zu legen, schlief er auf der Stelle ein. «Janek», rief Großvater Sergei, doch da Janek nicht antwortete, wusste er, dass er eingeschlafen war.

Im Schlaf ging Janek in seine Schule, behände und in den Bauernkleidern, die Großvater Sergei ihm geborgt hatte.

Es war die Elf-Uhr-Pause. Kinder liefen über den Hof

und die Korridore. Janek erkannte einige von ihnen, doch sie erkannten ihn nicht. Er ging weiter, stieg die Treppe hinauf und betrat seine Klasse.

Die meisten seiner Klassenkameraden standen herum, einige unterhielten sich, vor allem aber sahen sie zu, wie der Klassenclown Edmund die Mathematiklehrerin nachahmte. Keiner erkannte ihn.

Schließlich kam einer der Schüler auf ihn zu und sagte: «Was hast du hier zu schaffen?»

«Ich wollte meine Klasse sehen.»

«Warst du auf dieser Schule?»

«Sogar in dieser Klasse.»

«Wann?»

«Vor etwa sieben Monaten.»

«Das musst du erzählen.»

Mit einer unbeholfenen Bewegung wandte jener sich an seine Freunde und rief laut: «Wir haben einen neuen Schüler in der Klasse. Erkennt ihr ihn?»

«Er ist ein Bauer. Er kommt aus dem Dorf, der ist aus Versehen hierhergeraten», erklang eine kehlige Stimme.

«Nicht aus Versehen», sagte Janek in klangvollem Ton.

«Wer bist du?», fragte einer der Schüler.

«Vor sieben Monaten haben wir in dieser Klasse Gleichungen mit zwei Variablen durchgenommen.»

«Und du hast mit uns gelernt?»

«Richtig.»

«Hans», wandte Janek sich an den Jungen, «du hast doch früher geboxt. Und, boxt du immer noch?»

«Ja.»

«Hast du Lust auf einen Freundschaftskampf?», schlug Janek vor.

«Ich bin nicht in Form.»

«Merkwürdig, dass du dich nicht an mich erinnerst. Wo ist Christina? Sie erinnert sich sicher an mich.»

«Sie ist krank», antwortete einer der Schüler.

«Fehlt sie schon lange in der Schule?»

«Einige Monate.»

«Wie geht es ihr? Habt ihr sie besucht?»

«Sie ist im Sanatorium weit weg von hier.»

«Und ihr seid nicht darauf gekommen, sie zu besuchen?»

«Das ist weit: zweihundert, dreihundert Kilometer.»

«Warum seid ihr nicht zu Christina gefahren?», fragte Janek mit erhobener Stimme und stemmte zugleich einen Tisch hoch bis unter die Decke. Der Tisch fiel herunter und zerbrach. Von dem lauten Aufprall erwachte Janek.

19

Mitten in der Nacht versank er wieder in einen tiefen Schlaf.

Er befand sich an einem unbekannten Ort und versuchte, die Fülle der ihn umgebenden Dinge zu erkennen, aber alles, was er sah, war ihm fremd.

Und während er noch nachsann und sich fragte, wohin er nur geraten war, was ihn hierhergeführt hatte, hörte er eine Stimme, die zu ihm sprach.

«Janek, du hast erfolgreich die wichtige erste Stufe der körperlichen Ausbildung absolviert. Als Nächstes setzen wir das Gelernte in die Tat um. Großvater Sergei hat sein Können an dich weitergegeben und einen Kämpfer aus dir gemacht. Es gibt viel Ungerechtigkeit in der Welt, du musst gegen die vielen Bösen bestehen. Fürchte dich nicht. Deine

Kräfte werden dich nicht verlassen, und du wirst gestärkt aus der Schlacht hervorgehen.»

Janek erwachte. Die Stimmen hallten klar und eindringlich in seinen Ohren nach. Erste Morgenlichter erstrahlten bereits am Horizont. Großvater Sergei schlief, Janek saß erschrocken an seinem Platz.

Als Großvater Sergei erwachte, erzählte Janek ihm sofort von seinem Traum.

Großvater Sergei war nicht überrascht, Janek wiederholte die Worte, die er im Traum vernommen hatte, und fragte: «Was soll ich tun, Großvater?»

«Bewahre die Worte in deinem Herzen.»

«Ja, aber was soll ich tun, Großvater?»

«Erzähle niemandem von diesem Geheimnis.»

«Auch Mutter und Vater nicht?»

«Doch, ihnen darfst du es verraten.»

«Aber das war nur ein Traum.»

«Ein Traum ist manchmal wahrer als die Wirklichkeit.»

«Großvater Sergei, darf ich jetzt meinen täglichen Lauf machen?»

«Geh los, mein Lieber. Schade, dass ich zu schwach bin, um mit dir zu kommen.»

Janek hatte gerade mit seinem Lauf begonnen, da spürte er, dass etwas anders war mit seinem Körper. Er fühlte sich leicht, schien zu schweben. Als Janek zurückkehrte, reichte er Großvater Sergei eine Tasse Tee und zündete ihm die Pfeife an. Einen Moment musste er wieder staunen über die Gelassenheit, mit der Großvater Sergei das Böse annahm, ohne sich zu beklagen.

Die Stimmen, die er in der Nacht gehört hatte, blieben in ihm, er fühlte ein Wispern in den Ohren, und das tat ihm ein wenig weh.

«Großvater Sergei, mir schmerzen die Ohren etwas.»

«Kein Wunder, sollten Ohren, die von irgendwoher Stimmen gehört haben, etwa nicht ein bisschen wehtun?»

«Was soll ich machen?»

«Nichts. Der Schmerz geht sicher vorüber.»

Alles, was er an jenem Tag unternahm und sah, war anders als zuvor. Es gab Augenblicke, da verspürte er Euphorie und hatte das Gefühl, er könnte gegen mehrere Bösewichte gleichzeitig kämpfen und sie alle bezwingen. Dann aber gab es wieder Momente, in denen er sich schwach fühlte, kein Vertrauen in sich und seine Kräfte hatte. Großvater Sergei wusste, auch ohne zu fragen, dass sich Janeks Stimmung verändert hatte, und fragte bloß: «Woran denkst du, Janek?»

«Ich denke an nichts. Die Stimmen, die ich in der Nacht gehört habe, kreisen noch immer in meinem Kopf.»

«Ich sagte dir bereits: Bewahre die Stimmen in dir, und du wirst froh sein, dass man im Traum zu dir geredet hat. Unruhe und Stimmungsschwankungen schicken sich nicht für einen Kämpfer.»

«Verzeihung, Großvater Sergei.»

«Um Verzeihen geht es jetzt nicht, sondern um die richtige Haltung. Schwierige Tage liegen vor uns, wir müssen Ruhe bewahren, den Gefahren mit offenen Augen begegnen und auf sie vorbereitet sein.»

20

Nachdem Großvater Sergei eine weitere Tasse Tee getrunken hatte, wandte er sich an Janek und sagte: «Ich will mich mit dir beraten.»

«Worüber?», fragte Janek besorgt.

«Unsere Essensvorräte sind aufgebraucht. Außer Maismehl haben wir nichts mehr. Dein Vater hat uns auch ein bisschen Geld überlassen. Ich dachte, ich würde das Geld und die wertvollen Sachen nicht anrühren, bis er zurückkehrt. Doch da wir nichts mehr zu essen haben, will ich mir einen Fünfziger leihen, und mit Gottes Hilfe zahle ich es dir zurück, sobald ich wieder Geld habe. Was meinst du?»

«Ich bin ganz deiner Meinung, Großvater», sagte Janek und war selbst überrascht über die eigenen Worte.

Einen Augenblick lang saß Janek reglos da. Großvater Sergeis ganzes Wesen, sein baumhoher Körper und die Blindheit, die ihn zeichnete, erschienen ihm auf einmal wie ein großes Geheimnis, dem er sich nicht nähern durfte.

Und während sie noch der Ruhe des Abends lauschten, hörten sie Schritte näher kommen.

«Sergei», rief die Frau.

«Tanja», erkannte Sergei ihre Stimme, «woher wusstest du, dass ich hier bin?»

«Gestern Abend habe ich geträumt, dass du in das Dorf kommst, da habe ich mich aufgemacht, dich zu suchen.»

«Merkwürdig, auch du bist mir im Traum erschienen, doch wusste ich nicht, ob du mich sehen willst.»

Tanja und Großvater Sergei waren im selben Dorf geboren und in ihrer Jugend unzertrennliche Freunde gewesen. Als Großvater Sergei nach Beendigung seines Militärdienstes in der Stadt geblieben war, brach die Verbindung ab. Tanja fand einen anderen Mann und bekam Kinder, Großvater nahm sich Dorka zur Frau.

«Wie viele Jahre ist es her, dass ich dich zuletzt gesehen habe, Sergei?», fragte Tanja.

«Viele Jahre», erwiderte Großvater Sergei.

«Hast du unser Dorf noch einmal besucht?»

«Nein. Seit dem Tod meiner Eltern war ich nicht mehr dort.»

«Auch ich bin nicht mehr dorthin zurückgekehrt», sagte Tanja, «aber ich habe das Dorf jeden Tag vor Augen. Ich liebte jede Jahreszeit dort: das Erblühen im Frühling, die Sonne im Sommer und das fallende Laub im Herbst. Besonders aber liebte ich den Winter. Erinnerst du dich noch an mich?»

«Wie könnte ich dich je vergessen.»

«Wir waren ein Herz und eine Seele. Im Fluss sind wir geschwommen, von der Brücke direkt in den Strom gesprungen. Sind in den Wald hinausgezogen, haben dort gesessen, uns mit Beeren vollgestopft und uns geküsst. Wir waren immerzu froh. Warum bist du nach dem Militär nicht ins Dorf zurückgekehrt, wie du es mir versprochen hattest?»

«Die Stadt mit ihren Lichtern, Cafés, Wirtshäusern und Kinos hat mich verführt. Schließlich habe ich Dorka gefunden und sie zur Frau genommen. Mir war keine lange Zeit mit ihr vergönnt. Nachdem wir drei Jahre zusammengelebt hatten, verstarb sie. Zwei Wochen war sie krank, dann ist sie, ohne zu klagen, heimgegangen. Vier Jahre nach ihrem Tod bin ich erblindet.»

«Hast du all die Jahre an mich gedacht?»

«Das habe ich.»

«Und was hast du gedacht?»

«Ins Dorf zurückzukehren und nach dir zu suchen.»

«Und warum hast du es nicht getan?»

«Ich sagte dir doch schon, die Stadt hat mich verführt. Wäre die Stadt nicht gewesen, ich wäre in unser Dorf zurückgekehrt, und mein Leben wäre anders verlaufen.»

«Tut es dir leid?»

«Gewiss tut es mir leid.»

«Das wollte ich hören.»

«Und jetzt vergibst du mir?»

«Nein», sagte sie und lächelte vor sich hin.

«Auch jetzt, nach all den Jahren, nicht?», staunte Großvater Sergei.

«Es gibt Sünden, die man schwer vergeben kann. Ich habe geglaubt, du kommst zu mir zurück. Ich habe gebetet, ganze Nächte durchgeweint, und du hast mir nicht mal eine Postkarte geschrieben.»

«Ich war gefangen.»

«Du warst gefangen? Der mit Orden geschmückte Soldat, der Held, auf den ich so stolz war, ließ sich von den Lichtern der Stadt gefangen nehmen? Wo waren dein Wille, deine Schlauheit und die Versprechungen?»

Für kurze Zeit saßen sie zusammen und schwiegen. «Jetzt gehe ich nach Hause», sagte sie, stand auf und schob noch hinterher: «Gut, dass ich dich getroffen habe.»

«Tanja, du hast mir große Gunst erwiesen mit deinem Besuch.»

«Nicht der Rede wert. Ein paar Erinnerungen an die Jugend. Wer ist dieser junge Mann?», fragte sie.

«Sein Vater hat ihn mir zum Gehilfen gegeben. Er führt

mich von Ort zu Ort. Er ist ein hübscher Junge. Kann er bei dir etwas zu essen kaufen?»

«Wenn er mit mir kommt, gebe ich ihm etwas.»

«Tanja, eine große Gunst hast du mir erwiesen.»

Janek begleitete Tanja zu ihrem Haus. Es war ein großes Haus, mit Hof, Gehege, Stall und einem Hühnerverschlag.

«Was soll ich dir geben?»

«Was Sie uns geben möchten. Ich habe einen Fünfziger.»

Sie holte aus dem Garten Gemüse, brachte aus der Vorratskammer Milch und Butter, und aus den Regalen nahm sie einen Laib Brot und Käse. Janek hielt ihr den Schein hin. «Nicht nötig», sagte sie.

Als Janek zum Baum zurückkehrte und Großvater Sergei davon erzählte, reagierte dieser nicht. Auch als er die Decke für die Mahlzeit auf der Erde ausbreitete, fragte Großvater Sergei nichts, gab keinen Ton von sich.

Eine Weile herrschte Schweigen, dann bat Großvater um die Flasche Kognak. Eigentlich trinkt Großvater Sergei nie, nur in Zeiten großen Schmerzes. Doch an diesem Abend war er aufgewühlt und nahm einige Schlucke, saß in sich gekehrt da, fragte und sagte nichts.

Erst am Ende des Abends erhob er sich von seinem Lager und sagte: «Kognak trinken ist verboten. Der Kognak verdunkelt das Denken, der Mensch vergisst, wer er ist und was er zu tun hat. Wenn ich dich das nächste Mal bitte, mir die Flasche zu geben, dann gib sie mir nicht.»

«Ich kann mich dir nicht widersetzen, Großvater Sergei.»

«Ich befehle es dir.»

Janek reagierte nicht. Großvater Sergeis Stimme klang dieses Mal eisern und richtete sich nicht an Janek, sondern an sich selbst.

21

Am nächsten Tag sprach Großvater Sergei über die Notwendigkeit, sich für den Kampf gegen die Bösen zu rüsten.

«Die Gottlosen wissen, dass die echten Landstreicher danach trachten, sich zu läutern, aber das hindert sie nicht daran, sie zu hassen und verbissen zu bekämpfen. Wir sind wenige, aber wir halten die von Gott gegebenen Gebote», sprach Großvater Sergei mit erhobener Stimme.

«Woran erkennt man die Bösen?», wagte Janek zu fragen.

«An ihren Taten. Sie sind einzig darauf aus, anderen Böses anzutun, vor allem den Fremden, Krüppeln und Aussätzigen.»

«Was sollen wir tun?»

«Ich kann mich nicht mehr vorbereiten, als ich es mein langes Leben bereits getan habe. Du aber kannst noch viel, viel mehr trainieren. Bald gebe ich dir die Pistole und zeige dir, wie man richtig mit ihr umgeht.»

«Kämpfen nur wir zwei gegen die Bösen?», fragte Janek.

«Nein, wir werden den Schwachen und Elenden helfen, stärker und schlauer zu werden. Wir ziehen sie aus dem tiefen Loch, in dem sie hocken, heben sie empor, damit sie den Abglanz von Gottes Antlitz wiedererlangen. Ohne diesen Abglanz hat niemand einen festen Stand im Leben.»

Janek erinnerte sich an die Landstreicher, die im Winter in Armenhäusern untergebracht waren: abstoßendes, schreiendes, fluchendes Gesindel, das sich über alles in der Welt beschwert. Im vergangenen Herbst hatten sie zusammen mit ihnen in einer Unterkunft gewohnt. Großvater Sergei redete ihnen gut zu, sagte, dass ihr Schimpfen nicht gut sei, es gelte, den Abglanz von Gottes Antlitz zu bewahren. Augenblicklich wetterten sie: «Verschone uns mit deinen Moralpredigten. Wir interessieren uns nicht für Gott. Gott sorgt für die Gesunden und Reichen, nicht für die Armen, die nichts haben.»

«Ich war Oberleutnant in einer Spezialeinheit. Ich kann euch nützliche Dinge beibringen.»

«Mach dir keine Sorgen um uns. Sorge dich um dich selbst.»

Großvater gab nicht nach: «Und was wird aus eurer Seele?»

«Was man nicht sieht, existiert nicht», sagte eine der jämmerlichen Gestalten.

Wären Großvater Sergei und seine Stärke nicht gewesen, man hätte ihnen die Bündel geraubt.

Sollten die hier etwa gegen die Bösen kämpfen? Das sind doch selbst Bösewichte, hätte Janek am liebsten gesagt, doch er hielt sich zurück.

Janek bereitete ein Abendessen zu, und Großvater Sergei war wieder in heiterer Stimmung.

Nach dem Essen, Janek hatte Großvater Sergei eine Tasse Tee eingeschenkt und die Pfeife angezündet, schwelgte Großvater Sergei in Erinnerungen an sein Dorf, die Eltern und seine ältere Schwester Irene.

«Das waren schöne Zeiten. Wir zogen aufs Feld hinaus, um zu pflügen, säten mit unseren Händen den Samen aus, kehrten nach einigen Wochen zurück, als alles keimte und spross – und das Herz ging uns über bei diesem Anblick. Alle paar Tage zogen wir hinaus aufs Feld, das Getreide wuchs, wir freuten uns, dass der Regen zur rechten Zeit gekommen war und die Felder sich mit Ähren füllten. Das war die wundervollste Zeit meines Lebens. Später trat Tanja in mein Leben. Sie war schön, gemeinsam lernten wir die Liebe kennen. Dann wurde ich ins Militär eingezogen und war sicher, dass ich danach zu meinen Eltern, zum Ackerboden und zu Tanja zurückkehren würde. Aber aus irgendeinem Grund bin ich nicht zu ihr zurückgekehrt; Gott allein weiß, warum. Plötzlich lockten mich die Lichter der Stadt, die Wirtshäuser, Cafés, Kinos und die flüchtigen Bekanntschaften mit Mädchen. Ich kehrte benommen vom Kognak in mein Zimmer zurück und schlief unruhig. Ich wusste, dass mein Leben verkam, ich mich aufrappeln und zu den Eltern, den Feldern, Gärten und zu all dem Guten zurückkehren musste, das das Dorf uns gewährte. Ich wusste es, aber meine Füße trugen mich nicht zurück. Gott hat mich gerettet; ich weiß nicht, warum. Ich war seiner Gnade nicht würdig.

Eines Nachts, ich kam eben aus dem Wirtshaus, es war schon Herbst, und eine kühle Brise wehte, trat auf einmal ein Mädchen aus einer der Gassen, das Haar im Nacken zusammengebunden und mit einem schlanken Hals. Nach kurzem Zögern ging ich auf sie zu und stellte mich vor: ‹Mein Name ist Sergei. Du gefällst mir.› Ich hatte erwartet, dass sie mich barsch abweisen oder schelten würde, doch, oh Wunder, sie antwortete: ‹Mein Name ist Dorka.› Ich habe sie weder auf ein Gläschen Wein noch ins Café eingeladen. Verlegen ging ich neben ihr her und wusste nicht, was ich sagen sollte. Also begleitete ich sie nach Hause, und am Tor sagte ich: ‹Dorka, wir sehen uns gewiss wieder. Bis dahin gute Nacht.› Noch in derselben Woche traf ich sie wieder, und wir kamen uns näher. Sie lächelte und sagte: ‹Wie geht es dir, Sergei?› Und wieder wusste ich nicht, was ich sagen sollte, stand vor ihr wie ein Tollpatsch. Schließlich sagte ich: ‹Ich bin glücklich, dich zu sehen.› Seit jenem Abend waren wir all die Jahre, die Gott uns gewährte, ein Paar. Kein Tag verging, an dem ich nicht an ihrer Seite war. Doch nach drei Jahren erkrankte Dorka an einer seltenen Krankheit und fuhr wie ein Engel auf in den Himmel. Im selben Jahr kam ich ins Warenlager deines Großvaters, weil ich Arbeit suchte. Ich gewann seine Gunst, und er stellte mich ein. Von ihm lernte ich, was Holz ist, welche Arten von Balken und Brettern es gibt, was wertvolles und was billiges Holz ist, was zum Bauen und was für Möbel taugt. So verbanden sich unsere Seelen. Ich liebte seine Standhaftigkeit, seine Art zu sprechen und mit Menschen umzugehen. Dein Vater ist anders als dein Großvater. Er hält sich kaum an die Tradition, aber er trägt etwas von dem edlen Wesen seines Vaters in sich. Genau wie dein Großvater ist auch dein Vater kein Mann vieler Worte, dafür hört er gern zu und behandelt alle Geschöpfe freundlich. Ich arbeitete in ihren Warenlagern, bis ich blind wurde. Und auch nachdem ich erblindet war, kam ich weiterhin, um die Kunden zu beraten. Bis die Holzgeschäfte immer schlechter liefen. Dein Vater ging bankrott, und mir blieb nichts anderes übrig, als auf Wanderschaft zu gehen. Vergib mir, dass ich so viel geredet und dich ermüdet habe. Ich wollte, dass du weißt, wer deine Väter sind. Ich habe dich viel exerzieren lassen, damit dein Körper seinen Pflichten gewachsen ist. Da war nicht immer die Zeit, sich der Seele zu widmen.»

22

Noch in derselben Nacht fiel eine dreiköpfige Bande über sie her. Großvater Sergei, flink wie ein junger Spund, packte zwei von ihnen fest an den Beinen, warf sie zu Boden und schlug auf sie ein. Janek machte dasselbe mit dem Jüngsten von ihnen. Die Angreifer rannten um ihr Leben.

Großvater Sergei war zufrieden mit Janeks Wagemut und nannte ihn einen Mann des Krieges.

«Man darf mit der Vorsicht nie nachlassen; selbst in einer stillen, erleuchteten Nacht stehlen die Bösen das wenige, das die Landstreicher besitzen.»

Dieses Mal legten sie sich nicht wieder schlafen. Zum Glück waren noch abgeschnittene Zweige übrig, Janek entfachte sogleich das Lagerfeuer. Großvater Sergei war erregt, er hörte nicht auf, die Verbrecher zu verfluchen. Wenn Großvater Sergei flucht, läuft sein Gesicht rot an, und kurzzeitig scheint es Janek, als würde die Blindheit im nächsten Moment von ihm abfallen, und er wäre wieder der einstige Kommandant, der über seine Soldaten befiehlt. Indessen zog sich die Nacht zurück, und der Himmel wurde hell.

Großvater war noch immer in sich versunken, da kam ein Mädchen in langem Kleid auf Janek zu und fragte staunend: «Wer seid ihr?»

«Wir sind Landstreicher», erwiderte Janek mit ruhiger Stimme.

«Und wo ist euer Haus?»

«Wir haben kein Haus. Die Erde ist unser Boden, der Himmel unser Dach.»

Als das Mädchen Janeks Worte vernahm, riss es die Augen noch weiter auf und meinte: «Dann wandert ihr also die ganze Zeit?»

«Richtig.»

«Friert ihr denn nicht in der Nacht?»

«Wir schlafen in unseren Kleidern.»

«Und was esst ihr?»

«Was alle essen: Brot, Käse und Kartoffeln.»

«Ihr seid wie alle Menschen?»

«Richtig.»

«Und warum fürchte ich mich dann vor euch?»

«Es gibt nichts zu fürchten. Wir sind wie alle Menschen.»

Doch als Janek diesen Satz sagte, nahm sie die Beine in die Hand und flitzte davon.

Der Morgen war schön. Aus den Schornsteinen stieg dünner Rauch – die Frauen in den Häusern kochten Grießgrütze, bald würden sie jedem in der Familie einen vollen Teller reichen.

Auch Janek kümmerte sich jetzt rasch um das Frühstück. Er fragte Großvater, ob er Maisgrütze oder Brot mit Käse zubereiten solle. Großvater Sergei sann eine Weile nach, dann meinte er: «Es ist gut, am Morgen etwas Warmes im Bauch zu haben. Maisgrütze erinnert mich stets an zu Hause, an das Gesicht von Vater und Mutter und an die erleuchteten Fenster.»

Dann sprach Großvater Sergei: «Ich bedaure es, dass ich damals den Zauber und süßen Geschmack der Kindheit nicht bewusst wahrgenommen habe. Janek, du musst dir jeden Tag vornehmen, eine Sache aufmerksam zu betrachten, und dir sagen: Das werde ich stets in Erinnerung behalten. Begegnest du einem Mann, ob alt oder jung, setzt du dich zu ihm, um dich mit ihm zu unterhalten, und er sagt dir etwas Schönes oder Bedeutungsvolles – behalte es im Gedächtnis.»

Janek liebt diese Klarheit am Morgen. Er ist ganz bei sich und in Gedanken, da streift auf einmal eine kühle Brise, die aus dem Hain herüberweht, seinen Hals, und er sieht seine Mutter im Sommerkleid im Garten sitzen – wie schön sie ist. Schon damals, er ist kaum neun Jahre alt, sagte er sich: Mutter und Vater werden nicht sterben. Sie werden immer bei mir sein. Sofort läuft er zu seiner Mutter, sie umarmt ihn und fragt: «Woran hast du gedacht?»

«Dass wir nicht immer zusammen sein werden.»

«Warum ist dir das in den Sinn gekommen?»

«Die Mutter von Herrmann, meinem Klassenkameraden, ist vor einer Woche gestorben.»

«Sorge dich nicht», sagte die Mutter schnell, «Vater und ich werden lange leben, erst wenn wir sehr alt sind, gehen wir und ruhen im Himmel.»

Die Worte der Mutter, und mehr noch ihre Umarmung, beruhigten ihn. Doch die Tränen liefen unablässig. Augenblicklich drückte die Mutter ihn fest an ihr Herz und flüsterte: «Du wirst immer bei mir sein.»

Am selben Morgen saß Großvater Sergei da und sang abwechselnd militärische Märsche und sehnsüchtige Lieder. Er sang langsam, betonte jedes einzelne Wort. Janek spürte, wie teuer Großvater Sergei das Singen war, immer wieder sang er dasselbe. Anschließend atmete Großvater Sergei tief ein und sagte: «Der Mensch braucht Musik. Ohne Musik keine Lebenskraft. Verstehst du, Janek?»

«Ich liebe es, wenn meine Mutter singt. Ich selber kann nicht singen», verriet Janek.

An diesem Morgen war Großvater Sergei in Sehnsucht eingehüllt. Janek hörte ihn unablässig singen. Plötzlich sah er seine singende Mutter vor sich und wünschte für einen Moment, mit ihr gemeinsam singen zu können, doch seine Stimme gehorchte ihm nicht. Das machte ihn traurig, er legte seinen Kopf auf den Sack.

23

Am Nachmittag ging Janek los, um für Großvater Sergei Tabak zu kaufen.

In dem Laden gab es auch starken Alkohol, hauptsächlich große, kräftige Männer und viele Betrunkene kamen dorthin. Janek überwand seine Furcht, schritt zur Theke und bat um Tabak.

«Blätter oder geschnitten?», fragte die Verkäuferin.

«Geschnitten.»

Sofort brachte sie ihm eine Blechdose, öffnete sie und zeigte ihm den Inhalt.

«Ist der Tabak frisch?», fragte Janek.

«Erst gestern geschnitten.»

Beim Bezahlen näherte sich ihm ein Bauer und fragte: «Wer bist du?»

Janek erschrak, aber er fasste sich und erwiderte: «Mein Name ist Janek, ich kaufe Tabak für Großvater Sergei.»

«Und was machst du hier?»

«Großvater und ich ruhen uns im Wäldchen aus, wir sind auf dem Weg zum Dorf Nikolajew.»

«Seid ihr Landstreicher?»

«Wir besuchen Großvaters Schwester.»

«Wenn ich dich hier noch einmal sehe, gibt es Prügel.»

Janek bezwang seine Angst, kehrte zu Großvater Sergei zurück und erzählte ihm, was geschehen war. Großvater Sergei hörte zu und meinte: «Bösewicht, der kommt in die Hölle.»

Janek konnte sich nicht beruhigen. Er war einem Mann mit bösem Herzen begegnet. Großvater Sergei spürte Janeks Angst und sagte: «Ich werde dir beibringen, wie man auch mit solchen fertigwird. Selbst so ein Riese ist nur ein Mensch. Er hat Schwächen. Man muss wagemutig sein, dann findet alles seinen rechten Platz.»

Auf einmal sah Janek jemanden vor sich, an den er lange nicht mehr gedacht hatte: Elena, eine sehr schöne, junge Ukrainerin, die ihre Haushaltshilfe gewesen war, bis sie einen Bräutigam fand. Mit Ende ihres Dienstes kaufte die Mutter ihr viele Kleider, Decken und Laken und gab ein Abschiedsfest für sie.

Janek war damals vier oder fünf. Beim Abschied von Elena weinte er bitterlich. Ihre Versprechungen, ihn bald zu besuchen, halfen nicht. Er war nicht zu trösten.

Janek sah Elena mit ihren gesunden, warmen Händen vor sich. Sie spielte gern mit ihm im Haus oder im Garten, sie lachten immerzu; und wenn die Mutter Einkäufe machen ging, saßen sie auf dem Bett, und Elena erzählte ihm Geschichten über ihr Dorf oder Schauermärchen aus ihrer Kindheit.

Janek konnte es kaum erwarten, dass sie morgens kam. Immer wenn sie die Jacke anzog, um nach Hause zu gehen, hielt er sie fest und ließ sie nicht mehr los. «Elena muss abends zu ihren Eltern zurück. Morgen früh kommt sie wieder», erklärte die Mutter. «Du bist doch schon groß und vernünftig, lass sie gehen.»

«Ich lasse sie nicht los.» Dann trat die Mutter zu ihm und sagte: «Du darfst Elena nicht festhalten. Das tut ihr weh.»

Da hörte er auf zu weinen. Auf der Abschiedsfeier aber brach er wieder in Tränen aus und konnte sich nicht beruhigen.

Inzwischen unternahm Großvater Sergei eine «Einschätzung der Lage» und entschied, dass sie den Ort in der Nacht verlassen und aufbrechen würden. Alles, was tagsüber geschah, die Überfälle in der Nacht, die Drohungen des Bauern im Tabakladen und anderes Gerede, das ihm zu Ohren gekommen war, zeigten, dass sie besser fortgehen sollten. Aber ohne Hast. Es war noch Zeit, zu sitzen, eine Tasse Tee zu trinken und eine Pfeife zu rauchen.

Unterdessen löste Großvater Sergei seinen Gürtel und zeigte Janek die Pistole. «Diese Pistole habe ich zum Dienstabschluss vom Kommandanten der Einheit bekommen. Lies bitte, was in den Griff eingraviert ist.»

Janek las: «Dem Oberleutnant Sergei Iwanowitsch für ausgezeichneten Dienst, Tapferkeit und Todesmut. Unterzeichnet: Kommandant der Einheit einundsiebzig.»

«Das ist eine gute Pistole. Sobald du gelernt hast, sie auseinanderzunehmen und wieder richtig zusammenzusetzen, kannst du damit exerzieren.»

Janek war bewegt und sagte: «Danke, Großvater.»

Nach einer Pause sagte Großvater Sergei: «Das Training in der Spezialeinheit bereitet dich auf das richtige Leben vor. Am allerwichtigsten: Bemitleide dich nicht selbst. Sag nicht: Ich kann nicht. Alles ist möglich, wenn du bereit bist, etwas zu wagen. Gut ausgerüstet erklommen wir steile Berge. Unter uns klaffte der Abgrund, und dennoch wagten wir den Aufstieg. Nach meiner Entlassung aus dem Dienst erschien mir das bürgerliche Leben träge, schal und belanglos. Eines Tages, so hoffe ich, wirst du in einer Spezialeinheit dienen. Du wirst ein ausgezeichneter Soldat sein und die Offiziersausbildung antreten. Und wenn du die Ausbildung absolviert hast, wirst du nach ganz oben, zum General aufsteigen. Ich bin leider nicht auf dem Gymnasium gewesen, darum konnte ich kein Offizier werden. Du aber, dir steht der Himmel offen. Du besitzt die Eigenschaften und Fähigkeiten, in jedem Bereich der Beste zu sein.»

Bevor sie aufbrachen, ergänzte Großvater Sergei noch: «Der Dienst in der Spezialeinheit lehrt dich, geradlinig zu sein, die Wahrheit zu lieben und Gott vorbehaltlos zu dienen. Auf meiner Wanderschaft traf ich einen Priester, der in seiner Jugend in der Spezialeinheit gedient hatte. Sofort erkannte er, ohne dass ich einen Ton sagte, dass ich der ehemalige Kommandant der Spezialeinheit war, und salutierte mir. Er lud mich in sein Haus ein und gab mir eine warme Mahlzeit. Weil Herbst war und es draußen unaufhörlich regnete, bot er mir an, in der Wandnische der Kirche unterzukommen, bis die Flut vorüber wäre. Am Sonntag wollte ich mich an den Eingang der Kirche stellen und um eine milde Gabe bitten. Der Priester meinte dazu: ‹Es schickt sich nicht für einen Kommandanten, der in der Spezialeinheit gedient hat, am Eingang der Kirche zu stehen und um Almosen zu betteln. Ich werde den Kirchgängern erzählen, wer Sie sind, von Ihren ruhmreichen Taten in der Spezialeinheit berichten, und sie werden Ihnen auf ehrwürdige Art reichlich spenden.› Und so geschah es. Ich und der Priester haben uns in jenem Herbst viel über das Wandern und seine Auswirkung auf die Seele unterhalten. Das Wandern hat nur dann einen Wert, wenn es die Seele dazu erhöht, Gott wahrhaftig zu dienen.»

24

Wie recht Großvater damit hatte, sollte Janek rasch erfahren. Sie waren eine Stunde gegangen, da prasselten Steine auf sie nieder. Großvater Sergei befahl umgehend: «Flach hinlegen, Hände über den Kopf.» Sie waren mitten auf einem Maisfeld. Es war schwer auszumachen, von wo die Steine kamen. Sie bewegten sich nicht von der Stelle.

Nachdem sie eine Weile so dagelegen hatten, hörten sie die Stimmen einiger Burschen, die auf dem Weg ins Dorf waren. Großvater Sergei erhob sich, stellte sofort fest: «Ins Dorf werden sie nicht gehen, sie sind Richtung Stadt unterwegs.» Großvater Sergei kennt diese Gegend wie seine Westentasche. Häufig hatte er seine Soldaten hier trainiert. Auch jetzt, wo er blind ist, liest er die Zeichen am Ort.

«Sieht man die Telegrafenmaste?»

«Ja», gab Janek zurück.

«Und der staubige Pfad wird noch benutzt?»

«Ja.»

«Wir gehen nach rechts Richtung Stadt.»

Der Wald wird wegen seiner vielen Birken von allen der «weiße Wald» genannt. Nach einer Stunde erreichten sie den Waldsaum.

Allmählich rückte der Morgen näher. Janek machte sich auf, trockene Zweige für ein Lagerfeuer zu suchen. Es gab reichlich Zweige, das Feuer war schnell entfacht.

Jedes Mal, wenn sie einer Not entronnen sind, flüstert Großvater Sergei einige Worte und versinkt augenblicklich in sein Nachsinnen. Janek kochte Maisgrütze, und Großvater Sergei erinnerte liebevoll an Kyrill, der sie mit dieser Speise versorgt hatte. «Kyrill war ein ausgezeichneter Soldat.»

«Janek, mein Lieber, lies mir bitte einen Psalm vor. Die Psalmen helfen uns, wenn wir uns mit dem Reinen verbinden wollen.»

«Welchen Psalm soll ich lesen, Großvater Sergei?»

«Das ist ganz gleich. Jeder Psalm ist wertvoll.»

Janek las langsam, betonte jedes Wort. Am Anfang verstand er nicht, was er las. Janek spricht Ukrainisch wie ein Ukrainer, aber in dieser Sprache zu lesen, fällt ihm schwer.

Als er ins Lesen hineingefunden hatte, wunderte er sich: Die Psalmenverse sind einfach, verständlich und dennoch von einem Geheimnis umwoben. Großvater Sergei sagt, ein Vers wie «Danket dem Herrn; denn er ist freundlich – denn seine Güte währet ewig» sei aus dem Felsen einer Seele herausgehauen, die zu beten verstand. Das Gebet entströmt der Seele. Manche sagen, nicht jede Zeit eignet sich zum Beten. «Ich habe am eigenen Leib erfahren und weiß: Wer seine Stimmung ignoriert, sich hinstellt und betet – der ist ein wahrer Glaubender.»

Im Wald zu sitzen, ist anders, als auf dem Feld zu sitzen. Im Wald bedecken dich die Schatten, die Stille ist groß. Man kann jedes Rascheln hören. Janek fiel ein, Großvater Sergei zu fragen, ob er Früchte suchen solle. Großvater Sergei bejahte, doch bat er ihn: «Geh nicht zu weit weg, im Wald verliert man sich leicht.»

Janek ist jedes Mal wach und angespannt, wenn er an einem neuen Ort ist. Er musste nicht weit gehen, denn nur zweihundert Meter entfernt von ihnen ragte ein Kirschbaum voller schwarzer Kirschen empor. Janek zögerte nicht, kletterte den Baum hinauf und pflückte so viele Kirschen, bis sein Hut voll war. Dann stieg er wieder hinunter und eilte zu Großvater Sergei, um ihm den Schatz zu zeigen. Großvater Sergei berührte die Kirschen, und seine Stirn strahlte in hellem Licht. «Welch wundervolle Kirschen. Wo hast du sie gefunden?»

«Gleich in der Nähe.»

Nachmittags ging Janek Waldfrüchte suchen. Auch dieses Mal wurde er ganz in der Nähe ihres Rastplatzes fündig: Kleine, rote Walderdbeeren wuchsen dort.

Eine Weile saßen sie und aßen. Am Ende der Mahlzeit sagte Großvater: «Lies mir bitte einen Psalm vor. Seitdem du mir vorgelesen hast, fühle ich, dass die Psalmenverse immer stärker in mir wirken.»

Janek fragte nicht, welchen Psalm er lesen solle. Er öffnete die Bibel und las den ersten. Als er zu Ende gelesen hatte, bat Großvater Sergei, die Verse noch einmal zu lesen. Dann versank er in sich und sprach kein Wort mehr.

Großvater Sergei ist mit Leib und Seele Soldat. Manchmal hat Janek das Gefühl, dass der Soldat in ihm im Schlaf noch mehr zum Vorschein kommt, vielleicht wegen der hohen Schuhe und Stulpen. Doch es gibt Tage, an denen der Soldat in ihm nicht zu erkennen, Großvater gänzlich in sich versunken ist. Janek hütet sich, ihn zu stören, setzt sich hinter Ranzen und Bündel und betrachtet den Wald.

Als Großvater Sergei aus seiner Versenkung erwachte, fragte er Janek: «Was siehst du?»

«Zwei Gespanne mit Klee.»

«Ist der Kutscher jung oder alt?»

«Alt», antwortete Janek.

«Ich liebe die alten Kutscher. Sie leiden unter ihrem Alter und ihren Kindern, die ihnen keinen Respekt zollen. Aber es gibt unter den Alten auch solche mit Courage, die auf ihrer Ehre bestehen. Von ihnen kann man lernen, was Standhaftigkeit bedeutet.»

«Wie bewahrt man sich seine Ehre?», fragte Janek vorsichtig.

«Indem man sich nicht beklagt, nicht verbittert, schweigt, wenn man nichts zu sagen hat, und wenn man etwas zu sagen hat, sich kurzfasst, nicht zürnt. Indem man weiß, der Mensch ist nur Gast auf Erden, und sich nicht überhebt. Ich denke, die wichtigsten Dinge habe ich damit genannt.»

«Danke, Großvater.»

«Du bist ein ausgezeichneter Schüler. Wären alle Schüler wie du – die Welt wäre barmherziger.»

25

In derselben Nacht hörte Janek, wie Stimmen zu ihm redeten: «Janek, du und Großvater Sergei, ihr steht an einer harten Front. In einem Krieg, in dem eine Minderheit gegen eine große Meute kämpft. Das Böse beherrscht die Welt, es wimmelt in jedem Wald, in der Stadt und auf dem Dorf. Auch jene, die ein wenig Erbarmen haben, stehen bloß am Rand und erheben ihre Stimme nicht. Denn Stärke währt nicht ewiglich. Großvater Sergei hat dich bestens vorbereitet. Und was du bis jetzt vollbracht hast, ist des Lobes würdig, und in Zukunft wirst du noch Größeres vollbringen. Schwäche, selbst die kleinste, ist unstatthaft in diesen Tagen. Die Bösen haben die Herrschaft an sich gerissen, wir sind dazu aufgerufen, alles zu tun, was in unserer Macht steht, nur bloß nicht untätig zuzuschauen.»

Janek erwachte. Die Stimmen, die er gehört hatte, erfüllten nicht nur seine Ohren. Er fühlte sie in den Händen und Beinen. Sie sickerten in seinen ganzen langen Körper ein. Es war kalt, und er sprang auf der Stelle, um sich zu wärmen. Doch die Kälte quälte ihn weiter.

Großvater Sergei erwachte und freute sich, dass das Lagerfeuer brannte. Janek brachte ihm Wasser, damit er sich das Gesicht waschen konnte. Er wollte ihm von den Stimmen erzählen, die er im Schlaf gehört hatte, doch er traute sich nicht. Doch schließlich überwand er sich und erzählte es ihm.

Großvater Sergei hörte zu und sprach: «Was wir im Schlaf vernehmen, ist ein wichtiger Wegweiser für unser Leben.»

«Wer hat zu mir gesprochen?», fragte Janek.

«Das weiß ich nicht, aber mir ist klar, dass du diesen Stimmen lauschen und bedenken musst, was sie dir sagen.»

«Spricht jemand von oben zu mir? Das ist schon das zweite Mal, dass ich Stimmen höre.»

«Du musst geduldig sein, behalten, was die Stimmen dir gesagt haben, und es niemandem verraten.»

Janek bereitete Maisgrütze zu und verzierte sie mit Walderdbeeren. Großvater Sergei kostete und sagte: «Ein Gedicht, ganz anders als das, was wir bisher gegessen haben.» Eine lange Weile saßen sie und aßen.

«Gut, dass mein Freund Kyrill uns mit Maismehl versorgt hat. Wäre er nicht gewesen, wir müssten um Almosen betteln. Komm, lass uns gemeinsam einen Segen für ihn sprechen: Gott, segne Kyrill und bringe ihn zu uns zurück.»

Sie hatten eben den Segen gesprochen, da sah Janek Kyrill vor sich, wie er auf dem Strohstuhl sitzt, auf dem seine verstorbene Frau immer gesessen hatte.

Sie waren noch bei der Mahlzeit, als ein großer Mann

mit langen Zotteln, fahlem Gesicht und zerlumpten Kleidern aus dem Wald trat.

«Wer sind Sie, und was tun Sie hier im Wald?», fragte Großvater Sergei.

Der Mann antwortete daraufhin schlicht: «Ich wohne im Wald.»

«Und wovon ernähren Sie sich?»

«Hauptsächlich von Pilzen und Beeren.»

«Dürfen wir Sie zu einer Tasse Tee einladen?»

«Gern.»

Sie setzten sich und tranken. Der Mann hatte offenbar viele Tage nicht gesprochen, denn sogleich brach es aus ihm hervor. «Ich lebe schon seit Jahren im Wald. Es gibt nichts Besseres als den Wald. Man ist weit weg von den Menschen und ihren Boshaftigkeiten. Doch leider kommen sie sogar bis hierher, hauen grausam die Bäume um. Es ist schwer, dieses Morden mitanzusehen, gut, dass meine Hütte weit entfernt steht. Dorthin flüchte ich mich, damit ich die Schreie der Bäume nicht hören muss.»

«Und Sie wollen nie wieder unter Menschen wohnen?», fragte Großvater Sergei verhalten.

«Nein. Die Menschen sind böse. Sie hassen die stillen Geschöpfe.»

«Auch wir sind unbehaust», öffnete Großvater Sergei sich dem Mann langsam an.

«Geht ihr von Dorf zu Dorf und bittet um eine milde Gabe?»

«Nein. Am Sonntag stehen wir am Eingang der Kirche und warten darauf, dass die Menschen uns geben, was sie geben möchten.» Großvater Sergei öffnete sein Herz überraschend weit.

«Warum betretet ihr die Kirche nicht?»

«Landstreicher, Krüppel und Aussätzige dürfen die Kirche nicht betreten. Und außerdem: Wer hat dann ein Auge auf unsere Bündel?»

«Seid ihr solche Landstreicher, die sich läutern und Gott nähern wollen?»

«So könnte man es nennen», erwiderte Großvater Sergei.

«Ich habe gar keine Bedürfnisse. Nichts zu klagen, gegenüber niemandem, auch Gott nicht. Ich bin mit mir allein. Die Bäume und gelegentlich auftauchende Hunde sind meine Freunde. Mehr brauche ich nicht. Danke für den guten Tee, ich ziehe weiter. Vielleicht sehen wir uns eines Tages wieder.»

Nachdem der Mann gegangen war, versank Großvater Sergei in Nachsinnen, und als er wieder erwachte, wandte er sich an Janek und meinte: «Ich habe eine Bitte an dich, Janek, doch versprich mir, dass du nicht erschrickst über das, was ich dir sage. Aber du bist ja ein Soldat, und ein Soldat erschrickt nicht so leicht. Was ich dir sagen will: Ein Mensch weiß nicht, wann sein Tag kommt. Heute noch hier, ist er morgen schon im Jenseits. Bitte, Janek, erweise mir Gunst und beerdige mich nicht in dem Dorf, in dem ich sterbe. Bitte den Priester vor Ort, dass er mich in meinem Heimatdorf, neben meinen Eltern beerdigt.»

«Was ist geschehen, Großvater Sergei?» Janek ängstigte sich.

«Nichts ist geschehen. Weil ein Mensch seinen Tag nicht kennt und ich nicht mehr der Jüngste bin, wollte ich dir meinen letzten Wunsch mitteilen. Die Bibel lehrt uns: Wenn ein Mensch stirbt, bringt man ihn zu seinen Vätern. Ich möchte, dass man mich in meinem Heimatdorf neben meine Väter bettet. Verzeih mir, wenn ich dich erschreckt habe. Vermutlich werde ich so lange leben, bis ich dich deinen Eltern zurückgegeben habe. Zudem muss ich deine innere Stärke noch weiter festigen. Der Weg ist noch lang.»

«Das macht mir trotzdem Angst, Großvater Sergei.»

«Man darf keine Angst haben. Es geht nicht um jetzt, sondern um die Zukunft. Ich jedenfalls bete, dass ich nicht von dieser Welt gehe, bis dein Training mit mir abgeschlossen ist und ich dich wohlbehalten deinen Eltern zurückgegeben habe.»

«Großvater Sergei», sagte Janek und war kurz davor, in Tränen auszubrechen.

«Janek, mein Lieber, Langmut, Stille und Selbstbeherrschung sind die drei Dinge, die von jedem Soldaten in der Spezialeinheit verlangt werden. Er nimmt das Gute ebenso an wie das Böse, ohne laut zu klagen.»

«Erlaube mir, Großvater, ein wenig zu weinen», überraschte Janek ihn. «Ich weine nicht aus Verzweiflung, sondern aus Freude, dass du bei mir sein wirst.»

«Nur dieses eine Mal, mein Lieber.»

In derselben Nacht erschallten Donner am Horizont. Großvater Sergei schloss daraus, dass die Rote Armee die Front durchbrochen hatte und näher rückte.

«Befreit sie die Eltern und die Großeltern?», fragte Janek.

«Gewiss.»

Danke, Großvater, dass du bei mir bleibst, wollte er sagen, aber er sagte es nicht.

26

Die kommenden Tage waren angespannt. Janek trainierte täglich, es kamen neue Übungen hinzu, er war in Form. Großvater Sergei blieb wortkarg. Schließlich sagte er: «Der Wald ist kein sicherer Ort. Zwielichtige Gestalten und Verbrecher finden hier ihr Zuhause. Wir versorgen uns mit Kirschen und Beeren, dann ziehen wir weiter. Unsere Vorräte reichen bis Sonntag. Am Sonntag gehen wir zur Kirche.» Janek hörte Großvater Sergeis Worte. Nachdem er seine Runde gelaufen war, machte er Frühstück und ging anschließend Kirschen und Beeren pflücken. Vom Wipfel des Baumes aus konnte er Großvater Sergei sehen. Er war in sich gekehrt, man hätte ihn für einen Ritter, zugleich aber auch für einen Mönch halten mögen.

Mit Kirschen und Beeren beladen, kehrte Janek zurück, griff in die Tasche und bot Großvater eine Handvoll an.

«Hast du dir auch welche genommen?»

«Ich habe schon oben auf dem Baum genascht.»

«Diese frischen Früchte bringen dir eine Botschaft aus der Welt der Schönheit», sagte Großvater Sergei.

Nachdem sie gegessen hatten, bat Großvater, dass er ihm die Pfeife anzündet, und sagte: «Janek, mein Lieber, lies mir bitte Psalm 117 vor. Das ist wohl der kürzeste im ganzen Buch der Psalmen.»

«Lobet den Herrn, alle Heiden; preiset ihn, alle Völker! Denn seine Gnade und Wahrheit waltet über uns in Ewigkeit. Halleluja!»

Janek las die Verse, wiederholte sie einmal und noch einmal. Er merkte, wie Großvater Sergei die Verse langsam aufnahm und wie sie ihn sehnsüchtig machten. Janek staunte: Die Psalmen sind voller dunkler Verse, aber Großvater Sergei schluckt sie wie Wodka und hat dann stundenlang zündende Gedanken.

Danach hob Großvater den Kopf und rief laut: «Und die Wahrheit Gottes waltet über uns in Ewigkeit.»

Am Nachmittag machten sie sich auf nach Wasilowka, einem stillen Dorf. Dort gibt es keinen offenen Hass gegen Landstreicher, vermutlich, weil ohnehin nicht viele in dieses Dorf kommen. Es liegt weit ab von der Eisenbahnlinie in einem verschlafenen Tal. Janek war einmal dort gewesen, er erinnerte sich an den Baum und den Bach ganz in der Nähe.

Sie kamen gegen Abend in Wasilowka an. Augenblicklich ließen sie sich im Schatten des Baumes nieder, an dem sie auch seinerzeit schon Rast gemacht hatten. Unglücklicherweise begann es zu regnen. Janek zog die beiden Planen hervor, bedeckte mit der einen die Bündel, mit der anderen sich selbst. Regen ist ein Segen für die Felder, aber für Landstreicher nicht selten ein Unheil.

Die ganze Nacht fiel feiner Regen. Als sie am Morgen aufstanden, sah Janek, dass das Wasser in die Ranzen und Bündel gedrungen war. Sofort nahm er die Kleider heraus und hängte sie in die Bäume. Das Maismehl war nicht nass geworden.

Janek schüttelte die feuchte Nacht ab und ging laufen. Als er zurückkehrte, kochte er Maisbrei verfeinert mit Walderdbeeren und reichte zum Dessert eine Tasse Tee.

Aus den Häusern stieg Morgengeruch, Duft von Brot, frisch aus dem Ofen, vermischt mit Milchdampf. Janek musste an den Sommerregen denken, die feuchte Wiese, die glitzernden Wassertropfen an den Bäumen, und wie sein Vater und seine Mutter diese Schönheit betrachten. Mutter pflegte zu sagen: «Ich liebe den Regen in der Nacht und das Licht am nächsten Tag. Nichts ist herrlicher als Sommerregen. Er bringt nicht nur Schönheit, sondern auch stille Freude in die Welt.» In jedem Satz seiner Mutter steckt immer mindestens ein Wort oder ein Ausdruck, der direkt aus ihrer Seele kommt.

Am Nachmittag fragte Janek: «Soll ich zu Olga gehen und Lebensmittel kaufen?»

«Wir haben kein Geld. Wir werden uns etwas von dem Geld borgen müssen, das dein Vater uns gegeben hat. Öffne das Bündel und nimm einen Fünfziger heraus. Du musst wissen, dass mir das nicht leichtfällt», sagte Großvater Sergei verlegen.

Gleich darauf lief Janek zu Olga. Er erinnerte sich vom letzten Besuch noch an sie: eine eher kleine, füllige, lächelnde Frau, die ihre Ware zu einem gerechten Preis verkaufte. Beim Abschied hatte sie gefragt: «Wann kommst du wieder?»

«Bald», hatte Janek geantwortet.

«Vergiss nicht, mich zu besuchen.»

«Ich komme wieder», hatte er geantwortet und sich aufgemacht.

Sonderbar, dieses kurze, zurückhaltende Gespräch hatte ein Gefühl der Unruhe, aber auch des Wohlbehagens in ihm hinterlassen.

«Vergiss nicht, mich zu besuchen», dieser Satz war ihm viele Tage nicht aus dem Kopf gegangen, doch mit der Zeit, während sie weiterwanderten, verblasste er.

Jetzt stand er im Tor ihres Hauses, das zu seiner Überraschung offen stand. Auf der Schwelle rief er: «Olga.»

Augenblicklich erschien sie. Sie trat aus dem Haus, beschirmte mit der Hand ihre Augen, musterte ihn von Kopf bis Fuß und sagte: «Du bist größer geworden, seit ich dich zuletzt gesehen habe. Wie ist das Wandern?»

«In Ordnung.»

«Und jetzt bist du gekommen, um Gemüse, Milch und Käse bei mir zu kaufen?»

«Stimmt», sagte Janek.

«Ich bringe dir sofort welches aus dem Garten und zeige dir, was es in der Küche gibt. Was stehst du auf der Schwelle, komm herein.»

Es dauerte nicht lange, und sie kam mit einem Körbchen im Arm zurück und verkündete: «Schau mal, frisch geerntetes Gemüse.»

«Danke», sagte Janek.

«Komm mit mir in die Küche, mal sehen, was ich dir noch geben kann.»

Sie nahm Brot aus dem Regal, und aus der Vorratskammer holte sie einen Krug Sauermilch und ein Stück Käse.

Er wollte gerade bezahlen, da näherte sie sich ihm und sagte: «Du bist ein hübscher junger Mann. So welche wie dich gibt es nicht viele. Komm zu mir, ich gebe dir einen Kuss. Wie alt bist du?»

«Elf.»

«Noch bist du ein Welpe. In ein paar Monaten bist du ein Mann. Vergiss nicht, mich auch beim nächsten Mal zu besuchen.»

Janek packte die Lebensmittel zusammen und beeilte sich, nach draußen zu kommen. Als er zu dem Baum kam und Großvater erzählte, was ihm geschehen war, lachte Großvater vor sich hin und sagte: «So eine gibt es in jedem Dorf.»

«Eine Hexe?», fragte Janek.

«So ähnlich.»

Das, was Janek geschehen war, amüsierte Großvater Sergei offenbar. Schließlich sagte er: «So eine, die den jungen Burschen dabei hilft, zum Mann zu werden, gibt es überall. Nicht schlimm. Manchmal hilft das, und manchmal schadet es ein bisschen. Nicht schlimm.»

Janek wunderte sich, was Großvater daran so amüsierte, doch er traute sich nicht weiterzufragen.

27

Unmerklich, vielleicht weil nichts geschah, verging die Zeit. Janek lief seine Runden, exerzierte, kletterte auf Bäume, stemmte schwere Holzstücke und machte Boxübungen.

Ein alter Bauer blieb auf dem Weg zur Arbeit bei ihnen stehen und fragte Großvater Sergei: «Woher seid ihr, und wohin seid ihr unterwegs?»

«Wir ziehen zum Kloster der heiligen Maria hinauf.»

«Ihr habt euch verlaufen.»

«Kein Problem, in ein, zwei Tagen finden wir wieder auf den richtigen Weg», sagte Großvater Sergei. «Was für Nachrichten erzählt man sich im Dorf?»

«Die Rote Armee hat die Front durchbrochen und ist auf dem Vormarsch.»

«Sind die Menschen froh?», fragte Großvater Sergei.

«Sie sorgen sich», sagte der Alte, und der eigene Zweifel war ihm anzusehen.

Die Kleider am Baum waren getrocknet. Janek faltete sie zusammen und steckte sie in die Ranzen.

Am Samstagabend liegt Unruhe in der Luft. Die Männer gehen ins Wirtshaus. Im Sommer sitzen sie im Park. Anfangs sind die Zecher bloß ausgelassen, doch rasch, nach einigen Krügen Bier, ist die Stimmung gewaltgeladen. Der Radau wird immer stärker, Drohungen schwirren durch den Raum. Und Händel sind nur der nächste Schritt.

Doch dieses Mal war von Ausgelassenheit nichts zu spüren. Die Leute sprachen über den Krieg. Manche meinten, die Russen würden den Vorstoß der Deutschen nicht aufhalten können. Die Deutschen hätten bald die ganze Welt erobert. Andere dagegen glaubten, der Winter würde die Deutschen wie zuvor schon Napoleon in die Knie zwingen.

Vor Mitternacht zerstreuten sie sich. Auch jetzt waren wieder Schreie, aber keine Drohungen zu hören.

Die Nacht war still und angenehm. Sie schliefen, bis der Morgen anbrach. Janek zündete das Lagerfeuer an und bereitete die Ranzen und Bündel für den Aufbruch vor. Großvater erwachte und freute sich über das warme Lagerfeuer.

«Was erwartet uns?», fragte Janek.

«Kämpfe, mein Lieber.»

Sie frühstückten zu Ende und gingen dann zur Kirche. Unterwegs kamen sie an einer Scheune vorbei. Ein Junge steckte den Kopf durch das Gitter des Scheunenfensters und verspottete sie: «Landstreicher klauen.» Großvater Sergei knirschte mit den Zähnen und erlaubte Janek nicht, den Jungen zu schlagen.

Vor Beginn der Messe kamen sie bei der Kirche an. Sie setzten sich auf den Boden. Neben ihnen hockten zwei Landstreicher und ein Aussätziger.

Nach und nach strömten die Kirchgänger herbei. Niemand legte etwas in Janeks Hut. Dann warteten sie darauf, dass die Leute aus der Messe kamen.

Unterdessen erschienen zwei Dorfpolizisten. Sie führten einen gefesselten Landstreicher vor sich her. Der Landstreicher, er mochte um die fünfzig sein, mit einem Ranzen auf dem Rücken, ging mit kleinen Schritten, beklagte sich nicht und bat auch nicht um Gnade.

«Was hat er getan?», fragte einer der Kirchgänger.

«Er hat gestohlen», antwortete einer der Polizisten.

«Los, schneller», erhob der andere seine Stimme.

Als der Landstreicher seinem Befehl nicht Folge leistete, verpasste er ihm einen Schlag mit der Peitsche. Der Landstreicher fiel zu Boden. Der erzürnte Polizist schlug weiter auf ihn ein.

Die Leute schauten aus ihren Häusern, es war ganz still. Janek wollte aufstehen und den Misshandelten befreien, doch Großvater Sergei flüsterte ihm ins Ohr: «Nicht jetzt.»

Der Weg in die Gefängniszelle zog sich ein wenig hin. Die Polizisten unterhielten sich, antworteten auf die Fragen der Passanten. Schließlich erzählte der Ältere den versammelten Menschen, welche Sünde der Landstreicher begangen hatte: Er wurde dabei erwischt, wie er in einem Garten das von den Bäumen gefallene Obst auflas. Als der Besitzer dem Landstreicher befahl, den Garten zu verlassen, behauptete dieser, das Fallobst gehöre den Armen. Schließlich musste der Besitzer ihn eigenhändig aus dem Garten zerren. Der Landstreicher aber ließ nicht locker, murmelte vor sich hin, dass er recht habe. Schließlich schleppte der Mann ihn zur Polizei. Auch dort behauptete der Landstreicher, dass die Früchte, die er aufgehoben habe, Fallobst gewesen seien. Die Polizisten hießen ihn schweigen, er solle sein Verbrechen gestehen, dann verhängten sie eine Geldstrafe. Der Landstreicher aber weigerte sich, den Diebstahl zu gestehen. Also blieb ihnen keine andere Wahl, als ihn einzusperren. Der Polizist sprach sachlich, wie jemand, der seine Pflicht getan und ein reines Gewissen hatte.

Großvater hörte zu und sagte: «Dieser Landstreicher kämpft von Kindesbeinen an. Noch mehr solche Kreaturen, und wir können eine ganze Einheit gründen.»

28

Sie setzten ihren Weg zum Dorf Santa Maria fort, das so hieß, weil es in der Nähe, etwa zwanzig Kilometer entfernt, von dem alten Kloster lag.

Ein Anstieg führte den Berg hinauf. Weite Gemüsefelder und Gärten in schönen Farben erstreckten sich unterhalb des Berges. Eine wundersame Ruhe legte sich über sie.

Janek erzählte Großvater Sergei, was seine Augen sahen. Großvater Sergei entsann sich des Ortes und sprach: «Ich bin gern mit meiner Einheit zum Trainieren hierhergekommen. Und nach dem Exerzieren haben wir dagesessen und der Stille gelauscht, die aus den Feldern und Gärten aufstieg. Jetzt bin ich blind und sehe bloß im Geiste vor mir, was ich damals sah.»

Janek war noch ganz in diese Schönheit versunken, da bemerkte er, wie zwei junge Burschen einen Landstreicher misshandelten. Sie warfen ihn in den Dreck, traten auf ihn ein und bespuckten ihn. Ohne Großvater Sergei um Erlaubnis zu bitten, sprang Janek los, packte sie an ihren Mänteln und warf sie zu Boden.

«Warum misshandelt ihr einen wehrlosen Menschen?»

«Er ist ein Landstreicher.»

«Auch ein Landstreicher ist ein Mensch.»
«Sie stehlen.»
«Wie kommst du darauf?»
«Sie stehlen immer.»
«Jetzt fallt auf die Knie und bittet den Mann um Verzeihung.»
Sie waren entsetzt über diesen Befehl und sagten: «Warum sollen wir um Verzeihung bitten?»
«Weil ihr ihn getreten und bespuckt habt. Wenn ihr ihn nicht um Verzeihung bittet, tue ich euch genau dasselbe an, was ihr ihm angetan habt.»
«Was sollen wir sagen?»
«Sagt: Wir bitten dich um Verzeihung, dass wir dich getreten und bespuckt haben.»
«Wir bitten um Verzeihung.»
«Das reicht nicht. Ich wiederhole meinen Satz, und ihr sprecht mir nach.»
Sie sprachen ihm Wort für Wort nach, und als sie geendet hatten, sagte Janek: «Vergesst nicht, ihr habt bei Gott geschworen. Gott sieht und hört alles.»
«Vergessen wir nicht», erwiderten sie wie aus einem Mund.
«Wehe euch, wenn ich noch einmal sehe, wie ihr hilflose Menschen schlagt. Dann schlage ich euch, und es wird Blut fließen.»
Der Landstreicher war sprachlos, wie mutig Janek war, er stand neben seinem Ranzen und sagte keinen Ton. «Habe keine Angst», sagte Janek und berührte ihn an der Schulter. Schließlich fasste sich der Landstreicher und fragte: «Wer bist du?»
«Ich bin der Enkel von Großvater Sergei, ein Kämpfer in der Spezialeinheit.»

«Und du hilfst den Landstreichern?»

«Wenn man ihnen Böses will.»

«So was ist mir noch nicht passiert», sagte der Landstreicher mit zitternder Stimme.

«Das ist bloß eine Kleinigkeit», meinte Janek.

Großvater Sergei war auch dieses Mal mit Janeks Vorgehensweise zufrieden und sagte: «Wackerer Held. Auch wie du geredet hast, war großartig.»

Doch Janek war aus irgendeinem Grunde in gedrückter Stimmung. Er verstand nicht, woher er plötzlich diese gewaltige Kraft genommen hatte. Hätte er jetzt das Gleiche noch einmal tun müssen, er hätte nicht gewusst, wie.

Er erzählte Großvater Sergei, was er fühlte. Großvater Sergei sann einen Moment nach und sprach dann: «Wenn ein Mensch sich mit ganzer Seele für eine gerechte Mission einsetzt, verdoppeln sich sein Elan und seine Kräfte. Wir müssen beten, dass Gott in schwierigen Momenten mit uns ist.»

«Muss ein gerechter Kämpfer sein ganzes Leben lang trainieren?», fragte Janek.

«Ja, denn er muss stark sein. Ein schwacher Körper stemmt keine großen Aufgaben. Nur ein starker Körper und ein rüstiger Geist schaffen das Unmögliche. Man muss den Körper durch tägliches Training stählen und gleichzeitig beten, dass Gott uns nicht verlässt.»

«Danke, Großvater Sergei», sagte Janek, und die Tränen schossen ihm in die Augen.

In derselben Nacht wurde das Donnern am Horizont immer lauter. Großvater Sergei sagte mit leiser, besonderer Stimme: «Die Rote Armee rückt näher. Der Tag ist nicht fern, da werden sie bei uns sein, die Bösen um ihr Leben flehen, und all die unschuldig in die Lager Deportierten werden heimkehren.»

In dieser Nacht wirkte es, als überragte Großvater Sergei weit alle anderen, als würde er sich im nächsten Moment von seinem Lager erheben und seine Uniform anlegen. Er war nicht länger blind, er sah aus wie ein Kommandant, der an der Spitze seiner Soldaten in den Kampf zieht.

«Denn Stärke währt nicht ewiglich», wiederholte Großvater Sergei mehrmals. «Am Ende stürzt der Böse in den Abgrund. Bis jedoch der Sieg errungen ist, werden wir harte Erfahrungen machen müssen. Janek, du musst in bester Form sein, jede Katastrophe kommen sehen. Denn wir sind hier unerwünscht. Man kann nie wissen, was böse Menschen im Schilde führen. Wir müssen hellwach, sprungbereit sein und beten, dass Gott mit uns ist.»

Beide falteten sie die Säcke zusammen und betteten ihre Köpfe darauf.

«Gute Nacht, Janek.»

«Gute Nacht, Großvater.»

29

Ohne zu säumen, zogen sie in Richtung des Dorfes Santa Maria. Unterwegs machten sie an einem Brunnen halt. Janek schöpfte einen Eimer Wasser, und sie tranken, bis ihr Durst gestillt war.

Großvater sprach: «Wir sagen ‹lebendiges Wasser›, denn ohne Wasser gibt es kein Leben. Gott hat uns diese Grundlage unseres Lebens in großer Fülle geschenkt. An jeder Ecke gibt es einen Bach, einen Brunnen oder ein Flüsschen. Wir müssen lernen, das Leben zu segnen.»

Ohne weit gehen zu müssen, entdeckte Janek eine Pappel für die Übernachtung. Es war noch sehr hell. Janek war erschöpft, aber nicht zu müde, um ein Lagerfeuer herzurichten. «Wackrer Held», sagte Großvater Sergei.

Janek kochte Maisgrütze und garnierte sie mit Waldbeeren. Er reichte Großvater Sergei einen vollen Teller, sich selbst nahm er ein bisschen weniger. Nach der Mahlzeit machte er Großvater Sergei eine Tasse Tee und zündete ihm die Pfeife an. Als er das Geschirr abgewaschen hatte, sagte er: «Gute Nacht, Großvater Sergei, ich werde schlafen.»

«Träum schön», sagte Großvater Sergei.

Er legte den Kopf auf einen Sack – und war sofort eingeschlafen. Er schlief bis zum Morgen und stand früh auf. Das Lagerfeuer glomm, Janek legte einige Zweige nach und entfachte es neu.

Großvater Sergei erwachte, wusch sich das Gesicht und sagte: «Ich habe geträumt, ich bin in meinem Elternhaus. Die Eltern kehrten vom Feld zurück, Mutter bereitete das Mittagessen zu. Aus dem Ofen roch es angenehm nach Maispastete, gefüllt mit Kirschen. Die Kruste wurde langsam braun, bald würde jeder eine Portion bekommen. Das Blech ist groß, und es gibt für jeden einen Nachschlag. Währenddessen stellt Vater eine Schüssel Sahne, daneben eine Schüssel mit Käse und ein Stück gelbe Butter auf den Tisch. Vater wendet sich an mich und sagt: ‹Wo warst du?› ‹Beim Militär›, antworte ich. ‹Willst du weiter dort dienen?› ‹Ja›, antworte ich. ‹Ich dachte, man hätte dich schon entlassen.› ‹Aus dem Militär wird man nicht entlassen›, antworte ich und staune selbst über meine Antwort. Und dann, welch ein Wunder, ich gewinne meine Sehkraft zurück, sehe meinen Vater und meine Mutter ganz klar vor mir. Ich bin im Zweifel, ob ich ihnen verraten soll, dass ich jahrelang blind gewesen war und nun meine Sehkraft zurückgewonnen habe. Ich sage zu Vater: ‹Vater, man darf nichts für selbstverständlich nehmen.› ‹Was meinst du?›, fragt er. ‹Dass wir sehen können zum Beispiel. Das versteht sich nicht von selbst. Heute kannst du sehen, und morgen bist du blind.› ‹Und so etwas lernst du im Militär?›, fragt Vater. ‹Richtig.› ‹Gesegnet sei das Militär, wenn es solche Dinge lehrt. Und wie ist der Dienst?›, fragt Vater mich weiter. ‹Ich tue, was mir aufgetragen ist.› ‹Wirst du immer im Militär sein, nicht heiraten und kein Haus haben?› ‹Soldaten dürfen heiraten›, antworte ich, ‹aber sie haben nur einmal im Monat kurz Ferien. Und wenn Bereitschaft ist, fallen die Ferien aus. Wenn ich die Militärausbildung abgeschlossen habe, heirate ich.› Als sie meine Antwort hören, brechen Vater und Mutter in Lachen aus. Ich habe mich gefreut, die Eltern und das Haus wiederzusehen. Sie sind zwar gealtert, aber sie leben ein stilles, maßvolles Leben. Ich habe mich bemüht, ihnen keinen Kummer zu bereiten. Stimmt, ich verstand sie früher nicht immer, und sie verstanden mich nicht immer. Jetzt aber, meine ich, haben sich die Wogen geglättet. Jedes Mal, wenn ich sie im Traum sehe, freue ich mich den ganzen Tag. Was Mutter kocht, zergeht einem auf der Zunge, und Vaters Lebensweisheit speist sich aus dem Erfahrungsschatz der vorangegangenen Generationen. Sie mussten sehr leiden, bevor sie starben, aber sie haben sich den Abglanz von Gottes Antlitz bewahrt», resümierte Großvater und versank augenblicklich in Schweigen.

Santa Maria ist ein malerisches Dorf, mit hübschen Häusern und gepflegten Gärten. Von dem gesammelten Geld werden sie sich Nahrungsvorräte für einige Tage besorgen – doch wo?

Großvater Sergei stand auf und fragte einen der Vorübergehenden, wo man im Dorf Milch, Käse und Brot kaufen könne.

«Nicht weit von hier gibt es einen Laden.»

«Gott segne Sie.»

«Auch Ihnen Gottes Segen.»

Janek trödelte nicht lange und machte sich gleich auf den Weg. Der Laden war ganz leer, die Besitzerin wandte sich ihm zu und fragte: «Was möchtest du?»

«Einen Laib Brot.»

«Und was noch?»

«Ein Stück Käse und einen Krug Milch, Gemüse und Kartoffeln.»

«Mache ich dir gleich alles fertig. Woher bist du?»

«Ich bin mit Großvater Sergei hier. Wir besuchen seine Schwester im Dorf Jadowitze.»

Es dauerte nicht lange, und die gewünschten Lebensmittel lagen vor ihm auf dem Tresen.

«Wie viel kostet das?»

«Fünfzig.»

Janek freute sich, dass er nicht mehr Geld als gewöhnlich ausgeben musste.

Er erzählte Großvater, was er gekauft und wie viel er bezahlt und auch, dass er gelogen hatte, verschwieg er nicht.

«Wie gelogen?», wollte Großvater Sergei wissen.

«Als die Besitzerin des Ladens mich fragte, was ich mache und wohin ich gehe, habe ich ihr gesagt: Ich und Großvater besuchen seine Schwester.»

«Das ist keine Lüge, das nennt man Irreführung des Feindes», meinte Großvater, und beide lachten.

Die folgende Nacht war klar und kühl. Das Lagerfeuer verbreitete eine angenehme Wärme. Wenn alles gut laufe, verriet ihm Großvater Sergei, würden auch sie zum Kloster

Santa Maria hinaufziehen. «Zu dieser Jahreszeit versammeln sich viele Pilger im Kloster; wenn das Glück uns hold ist, können wir dort milde Gaben für die nächste Jahreszeit sammeln.»

«Gehen wir auch ins Kloster hinein?»

«Es ist ein sehr gepflegtes Kloster, umgeben von Gärten. Auf dem Platz vor dem Eingang versammeln sich die Landstreicher und Menschen mit verschiedenen Krankheiten. Manchmal ist es den Landstreichern erlaubt, die Kirche ohne ihre Bündel zu betreten. Der Andrang ist groß, und man muss immer ein Auge auf seine Sachen haben. Zweimal schon hat man mir hier eine schöne Summe gespendet. Einmal habe ich mit drei Raufbolden gekämpft, und die haben mir schließlich mein Bündel mit meinen ganzen Habseligkeiten geraubt.»

«Müssen wir dorthin gehen?», fragte Janek.

«Der Mensch muss zuerst selbst auf sich achtgeben, bevor er Gott darum bittet.»

«Vielleicht kommt die Rote Armee und befreit uns?»

«Wir werden beten und hoffen, dass sie schnell kommt.»

30

Janek machte Abendessen. Großvater Sergei pries das Brot und das Gemüse und fügte, wie er es gelegentlich tat, den Satz hinzu: «Der Mensch ist nicht allein auf der Welt.»

Janek ist besorgt. Seitdem er mit den jungen Burschen gekämpft hat, fürchtet er, dass ihm seine Kräfte für die nächste Prüfung nicht reichen werden. Großvater Sergei sagt, alles muss innerlich fließen. Wenn die Mission klar und gerecht ist, verdoppelt der Mensch seine Kräfte, und Gott mehrt sie noch.

Großvater Sergei ließ sich Zeit für den Tee und seine Pfeife; schließlich sagte er: «Mein lieber Janek, lies mir bitte den ersten Psalm vor. Aber bitte, tu mir den Gefallen: ganz langsam, damit ich die Worte und die Musik aufnehmen kann.»

«Großvater Sergei, verstehst du jedes Wort in den Psalmen?»

«Ich sagte dir doch schon, ich verstehe nicht alles. Man muss ein Gebet nicht verstehen. Wichtig ist, dass du betest.»

Janek trainiert beständig weiter. Er ist im letzten Monat deutlich kräftiger geworden, er wirkt älter, als er ist. In seinen Träumen ist er zu Hause, neben seinem Vater und seiner Mutter. Manchmal kommt es ihm so vor, als hätten die Eltern sich gar nicht verändert, nur er war nicht mehr der Alte. Sie schauen ihn an und wundern sich, wie sehr er sich verändert hat.

«Was hat Großvater Sergei mit dir gemacht, dass du dich so stark verändert hast?»

«Ich habe trainiert und trainiere weiter», erwidert Janek.

«Was machst du noch?»

«Ich kümmere mich um die Mahlzeiten für mich und Großvater.»

«Wo übernachtet ihr?»

«Meistens draußen.»

Die Augen der Eltern weiten sich mehr und mehr vor Erstaunen, schließlich sagt der Vater: «Wir müssen uns wieder aneinander gewöhnen. Wir waren in den Lagern und haben Schlimmes erlebt. Wir können gegenwärtig unmöglich darüber sprechen. Vielleicht darf man gar nicht darüber sprechen.»

«Merkwürdig, man merkt es euch nicht an», sagt Janek.

«Äußerlich haben wir uns vielleicht nicht verändert, aber innerlich sind wir nicht mehr dieselben.»

«Ich muss an meinen Platz zurück, Vater», sagt Janek und steht auf.

«Geh nicht. Verlass uns nicht», entfährt es dem Vater, seine starke Stimme erschüttert Janek.

Janek erwachte.

Die Nacht verging ruhig. Janek legte einige Zweige auf das glimmende Feuer, die sofort zu lodern begannen. Ein brennendes Lagerfeuer in kalter Morgenstunde durchtränkt ihn mit einer Frische, die er den ganzen Tag hindurch spürt.

Er wollte gerade zu seiner Morgenrunde aufbrechen, da kam ein kleiner Hund auf ihn zu und setzte sich zwischen die Bündel und Rucksäcke. Janek war überrascht, näherte sich, streichelte ihn und brachte den Hund zu Großvater Sergei.

Großvater Sergei befühlte ihn sanft und sagte: «Der ist kaum ein halbes Jahr alt. Noch ein Welpe. Erst in drei Monaten ist das ein erwachsener Hund.»

Der Welpe spürte, dass man ihm Gutes wollte, er bellte ein paarmal vergnügt.

«Woher kommst du zu uns?», wandte Großvater Sergei sich ihm mit ruhiger Stimme zu. «Wir werden dich beschützen, und du wirst uns beschützen. Wir werden gemeinsam hungern und uns satt essen.» So nahmen sie den Hund bei sich auf.

Der Welpe veränderte ihr Leben. Schon morgens redet Janek über ihn. Und wenn Janek sich zum Trainieren aufmacht, streichelt Großvater Sergei ihn und sagt: «Solange du noch ein Welpe bist, trainieren wir dich nicht. Doch wenn der rechte Tag gekommen ist, machen wir einen stolzen, starken Hund aus dir.»

In zwei Tagen würde Sonntag sein. Obwohl man ihnen offen und versteckt drohte, entschied Großvater Sergei, dass sie noch an dem Ort bleiben und sich am Sonntag an den Eingang der Kirche stellen würden. «Gott weiß, wie demütigend das für mich ist, aber es nützt nichts. Wir werden das machen wie Soldaten, die einen Befehl ausführen.»

Anschließend überlegte Großvater Sergei, welchen Namen er dem Welpen geben würde. «Wir können ihn nicht ohne Namen lassen. Einem Hund ohne Namen fehlt etwas. Was ein Geschöpf einzigartig macht. Janek, fällt dir ein Name ein?»

«Krieger», sagte Janek.

«Er wird vielleicht zum Krieger, wenn er erwachsen ist. Einen zarten Welpen Krieger zu nennen, scheint mir schwierig. Da sträubt sich das Herz.»

«Wie wäre es mit Prinz?», schlug Janek vor.

«Das ist sanfter. Passt besser. Ich hatte schon einmal einen Hund, der Prinz hieß, aber der ist früh gestorben», sagte Großvater Sergei.

Seitdem der Prinz da ist, sind Großvater Sergeis Schweigephasen kürzer. Er sitzt, streichelt den Prinzen, und manchmal redet er mit ihm. «Das Problem ist, wir haben kein Futter für den Prinzen, nur ein Schüsselchen Milch und im Moment nicht einmal das. Wenn wir keine Wurst für ihn bekommen, lassen wir ihn wieder laufen, damit er nicht hungert.»

«Schade», entfuhr es Janek.

Währenddessen donnerte es immer lauter am Horizont. Großvater Sergei sagte wieder, sie seien ganz in unserer

Nähe. «Kollaborateure, die ihr nahendes Ende vorausahnen, sind vor lauter Frust fähig, die Schwachen zu schikanieren. Die Schwachen sind stets der Sündenbock.»

«Kommen Vater und Mutter und die Großeltern aus den Lagern zurück?»

«Davon gehe ich aus», sagte Großvater Sergei, bevor er den Sack zusammenfaltete und seinen Kopf darauf bettete.

Janek blieb noch lange Zeit wach. Er war aufgeregt, wenn er sich vorstellte, dass die Eltern bald aus den Lagern zurückkehren würden, doch er wollte sich nicht zu früh freuen. Wer weiß, was ihnen noch bevorstand.

Am Sonntag stand Janek zeitig auf, machte einen Morgenlauf, kletterte auf Bäume und übte Faustkampf. Als er zurückkehrte, war Großvater schon wach und hatte den Prinzen im Arm. Großvater Sergei schätzt den Prinzen sehr: «Den werden wir leicht zähmen.»

Janek machte Frühstück: Brot, Gemüse, Käse. Hätten sie nicht gewusst, dass sie in einer Stunde am Eingang der Kirche stehen und auf die Herzensgüte der Kirchgänger hoffen würden, hätte ihnen die Mahlzeit besser geschmeckt.

Nachdem Großvater Sergei seinen Tee getrunken und seine Pfeife gepafft hatte, sagte er: «Wir haben keine Wahl. Wir müssen dorthin gehen. Wir machen das wie Soldaten, die einen unverständlichen Befehl ausführen.»

Am Eingang der Kirche standen an diesem Sonntag weder Landstreicher noch Aussätzige. Die Gläubigen beeilten sich, in die Kirche zu kommen, und ignorierten sie. Lange Zeit saßen sie da und schauten sich um: Sonntagsruhe lag über den Häusern und Gärten. Als die Messe zu Ende war, strömten die Gläubigen aus der Kirche, und einige legten eine kleine Spende in Janeks Hut.

Als die Kirchgänger fort waren, hob Großvater Sergei

den Kopf und sagte: «Dank sei Gott für diese Gnade.» Janek zählte das Geld nicht, er legte die Scheine in ein Tuch, knotete es zu und übergab es Großvater Sergei.

31

In den Bergen sind die Dörfer kleiner. Die Kirchen sind niedrig und die Häuser mit roten Ziegeln bedeckt.

«Wohin gehen wir?», fragte Janek.

«Die Zeit ist gekommen, Bergluft zu atmen und uns auf den Aufstieg zum Kloster Santa Maria vorzubereiten.»

So schritten sie weiter voran, als eine kleine Frau aus einem der Häuser trat und Großvater Sergei fragte: «Woher kommt ihr, und wohin des Weges, Brüder?»

Großvater staunte über den freundlichen Gruß und erwiderte: «Zum Kloster Santa Maria.»

«Gott möge euch segnen.»

«Auch dir Gottes Segen.»

«Mögt ihr meine Suppe probieren, die ich eben gekocht habe?»

«Gern», erwiderte Großvater Sergei.

Das Haus war klein, die Wände mit Ikonen und Blumen geschmückt.

Die Frau ließ sie am Tisch Platz nehmen und sagte: «Ich hole Suppe für die Gäste, die Gott mir geschickt hat.»

Es dauerte nicht lange, da kam sie mit zwei vollen, dampfenden Holztellern zurück, legte etwas dunkles Brot dazu und sagte: «Gott segne dieses Mahl.»

«Danke», sagte Großvater Sergei.

Die Suppe war aus dem Gemüse ihres Gartens gekocht.

Als sie zu Ende gegessen hatten, fragte die Gastgeberin: «Einen Nachschlag?»

«Wenn du so gnädig bist», antwortete Großvater Sergei.

«Woher seid ihr?»

«Ursprünglich stamme ich aus dem Dorf Iwanow. Viele Jahre habe ich im Militär gedient. Als mein Dienst zu Ende war, bin ich in die Stadt gezogen und habe geheiratet. Meine Frau hat Gott mir genommen, da war sie achtundzwanzig. Erst später habe ich verstanden, was Gott mir genommen hat, und bin auf Wanderschaft gegangen, um für meine Vergehen zu sühnen. Und wie lautet dein Name, wenn ich fragen darf?»

«Magda», und sogleich erklärte sie: «Ich habe viele Jahre bei den Juden gedient. An meinem fünfzigsten Geburtstag habe ich mich entschieden, in mein Elternhaus zurückzukehren.»

«Und wie geht es deinen Eltern?»

«Sie sind heimgegangen.»

«Mögen sie in Frieden ruhen.»

«Ich habe Knödel. Darf ich euch etwas davon anbieten?»

«Gern», sagte Großvater Sergei.

Janek sah sich um. So ein Haus und so eine Frau hatte er noch nie gesehen. Da kam ihm plötzlich der Gedanke, sie könnte vielleicht ein Engel sein, gesandt vom Höchsten, ihnen zu helfen und sie zu umsorgen. Doch sie hatte das Gesicht und die Hände einer Frau, die sich gern um andere Leute kümmert und sich freut, sie mit ihren Köstlichkeiten zu verwöhnen. Niemandem wäre eingefallen, sie könnte ein himmlischer Engel sein.

Großvater Sergei fragte: «Hattest du es gut bei den Juden?»

«Sie schätzten meine Arbeit und hatten mich gern.»

«Und wo sind sie jetzt?»

«Das weiß Gott.»

Sie stand auf, und Großvater Sergei sagte: «Möge Gott dich segnen für diese gute Tat.»

«Segne Gott eure Wege», sagte sie und neigte den Kopf.

Dann machten sie sich auf den Weg.

Janek war neugierig zu hören, wie Großvater Sergei über diese besondere Frau dachte. Doch Großvater konnte es offensichtlich noch nicht sagen.

Sie waren eine Stunde gegangen, als sie sich am Fuße einer Eiche niedersetzten, da sagte er: «Gut, einer Frau wie Magda zu begegnen.»

«Hat Gott sie gesandt?»

«Ihre Taten zeugen dafür, dass sie sich den Abglanz von Gottes Antlitz bewahrt.»

«Man sieht ihr nicht an, dass sie anders ist als der Rest der Menschen.»

«Man darf sich nicht auf die Augen verlassen. Sie sehen nicht immer die Wahrheit.»

Janek machte ein Lagerfeuer, bereitete Großvater Sergei eine Tasse Tee zu, zündete die Pfeife an und musste an Magda denken, die gefragt hatte: «Woher kommt ihr, und wohin des Weges, Brüder?»

«Auf unserer ganzen langen Wanderschaft hat uns niemand ‹Brüder› genannt», sagte Janek.

«Das ist ein weiteres Zeichen dafür, dass wir hier nicht allein sind», sprach Großvater Sergei. «Wir übernachten heute Nacht an diesem Ort, und morgen schauen wir, was wir machen. Vor vielen Jahren bin ich durch diese Dörfer gezogen, als junger, ehrgeiziger, ausgezeichneter Soldat. Eines Nachts, als wir erschöpft waren und weit von der Militärbasis, gingen wir in ein Kloster, um bei den Mönchen Brot und Käse zu kaufen. Die Mönche empfingen uns freundlich, breiteten Tischtücher auf den langen Holztafeln aus, brachten uns allerlei Dinge aus ihrer Vorratskammer, und nach dem Essen gab es köstlichen Kaffee, dessen Geschmack ich noch heute auf der Zunge habe. Nach der Mahlzeit sprach der Abt des Klosters zu uns: ‹Gute, treue Soldaten. Ihr beschützt uns vor Räubern und Gesetzesbrechern, dies ist eine Gelegenheit, euch zu danken. Immer wenn ihr in Zukunft hungrig seid, kehrt bei uns ein. Wir werden alles mit euch teilen, was wir haben. Ihr geht heute Nacht aus, unsere Felder und Obstgärten zu bewachen, möge Gott euch behüten.› Wir waren damals wie junge Pferde. Wussten noch nicht, was das Leben ist. Wir sprangen, liefen und wetteiferten miteinander: Wer kann schneller rennen, schwerere Gewichte stemmen, wer stürzt sich noch mutiger in die Gefahr. Wir feierten unsere Jugend mit dem Körper, die Seele aber war noch ein zartes Pflänzchen. Ich erinnerte mich an die Gottesdienste in der Kirche meiner Eltern, daran, wie Vater und Mutter niederknieten und beteten. Solange ich in meinem Elternhaus lebte, ging ich gemeinsam mit ihnen in die Messe. Doch als ich eingezogen wurde, erfüllten mich das Exerzieren und Unterwegssein ganz und gar. Und nachdem ich die Grundausbildung absolviert hatte, waren wir wie abgerichtete Hunde: eine Gefahr, der man lieber aus dem Wege geht. So vergingen die ersten Jahre im Militär. Danach lernte ich die harte Wirklichkeit kennen: Freunde wurden auf dem Wachtposten erschossen, es folgten die Beerdigungen, Begegnungen mit den hinterbliebenen, schmerzerfüllten Eltern. Ich suchte Gott, aber ich konnte ihn nirgendwo sehen. Viele Jahre irrte ich umher. Erst als mir meine Dorka entrissen wurde, kamen mir Gebete über die Lippen. Doch muss ich hinzufügen: Auch dein Großvater Michael hat mir geholfen, aus diesem Labyrinth herauszufinden. Er war ein echter Gottesknecht, bei dem man auf jede einzelne Bewegung achten musste. Sein ganzes Wesen zeugte von seiner Verwandtschaft mit Gott. Du trägst seinen Namen, ich bete innerlich, dass er dich behüten und erhöhen möge.»

Großvater Sergei hatte eben diese Worte ausgesprochen, da traten Janek die Tränen in die Augen.

Großvater Sergei hörte, dass er weinte, und sagte: «Wir sind in guten Händen.» Ohne etwas zu antworten, schmiegte sich Janek an den Prinzen und legte den Kopf auf den Sack.

32

Janek stand früh auf für seinen Morgenlauf. Als er zurückkam, entfachte er das Lagerfeuer neu, machte Großvater Sergei eine Tasse Tee, zündete ihm die Pfeife an und sagte ihm sogleich, wie es um ihre Vorräte stand: «Wir haben nur noch ein wenig Maismehl.»

«Dank sei Gott, zumindest das. Es gab Tage, da hatten wir kein Krümelchen zu essen.» Großvater Sergeis Glaube ist unerschütterlich, wird mit jedem Tag nur noch stärker.

Derweil ging ein Bauer vorüber, und Großvater Sergei fragte ihn: «Gibt es hier im Dorf einen Laden?»

«Ein paar Schritte weiter, auf der rechten Seite. Was wollen Sie kaufen?»

«Etwas zu essen.»

«Sind Sie ein Landstreicher?»

«Ich bin ein Mensch, mein Name ist Sergei.»

Der Bauer durchbohrte ihn mit seinem Blick und ging ohne ein weiteres Wort seines Weges.

Großvater Sergei versank in Nachsinnen, während Janek Grütze zubereitete. Nachdem sie gemeinsam gegessen und geschwiegen hatten, sagte Großvater Sergei: «Komm, wir nehmen einen Fünfziger von dem Geld, das dein Vater uns überlassen hat. Geh damit zu dem Laden und kaufe uns etwas zu essen.»

Sofort zog Janek los.

Der Laden war menschenleer, Janek bat um Brot und Käse.

«Und womit bezahlst du?», fragte die Verkäuferin.

«Ich habe fünfzig.»

«Wir nehmen kein deutsches Geld mehr», sagte sie.

«Warum nicht?»

«Die Deutschen sind auf dem Rückzug.»

«Und womit bezahlen wir?»

«Mit Kleidern und Wertgegenständen.»

Bestürzt kehrte Janek zu Großvater Sergei zurück. Dieser lauschte und sprach: «Das ist eine gute Nachricht. Deine Eltern und Großeltern werden aus ihrer Zuflucht heimkehren.»

Daraufhin sagte Janek: «Ich habe eine Idee: Ich nehme einen meiner Pullover und tausche ihn gegen Essen.»

«Und was trägst du dann in kalten Nächten?»

«Ich habe noch einen anderen Pullover.»

Als Janek sich erneut zu dem Laden aufmachte, sagte Großvater Sergei ihm nicht: «Gib ihr nicht nach.» Denn er wusste: Janek beharrt auf seinem Standpunkt. Er lässt sich nicht übers Ohr hauen.

Janek zeigte der Ladenbesitzerin den Pullover und fragte: «Was geben Sie mir dafür?»

«Woher hast du diesen Pullover?»

«Großmutter hat ihn gestrickt.»

«Du hast den nicht gestohlen?»

«Nein. Stehlen ist verboten.»

Sie hob den Pullover in die Höhe, um ihn zu begutachten, und meinte: «Ich gebe dir dafür einen Laib Brot und ein Stück Käse.»

«Ist das alles?»

«Und noch ein Säckchen Kartoffeln.»

«Ich bitte nicht um Fleisch, aber könnte ich nicht noch etwas Gemüse bekommen?»

«Einverstanden. Aber mehr gibt es nicht», sagte sie, und man merkte, dass ihr der Pullover gefiel.

Sie legte die Lebensmittel auf die Theke.

Bevor Janek alles in den Beutel packte, sagte er: «Seien Sie so gnädig, ein bisschen Salz noch.»

Widerwillig gab sie ihm welches.

Mittags feierten sie. Großvater Sergei war ausgelassen und sagte: «Erst hat Gott uns Magda geschickt, und nun hat uns dein Pullover gerettet.»

Während sie noch ruhig unter dem Baum saßen, hörten sie einen Menschen in Not schreien. Janek rannte, um nachzusehen, was passiert war. An der Böschung des staubigen Weges hatten sich ein paar junge Burschen versammelt, bewarfen einen großen Landstreicher mit Steinen und verfluchten ihn. Janek beobachtete das schreckliche Schauspiel und war schier außer sich vor Zorn. Mit einem Satz sprang er zu ihnen hinunter. Die Burschen wussten sofort, was ihnen blühte, und stoben in alle Richtungen davon. Janek wollte ihnen zuerst nachlaufen, doch dann sah er lieber nach, was sie dem armen Landstreicher angetan hatten.

Der Landstreicher kniete auf der Erde, Gesicht und Hände waren blutüberströmt. Er brachte kaum einen Laut heraus, murmelte bloß: «Sie haben mich mit Steinen beworfen.»

«Komm mit mir, ich wasche dir dein Gesicht und gebe dir etwas zu essen.»

«Nicht nötig. Ich gehe meines Weges. So bin ich es gewohnt.»

«Komm», ermunterte Janek ihn, «ich und mein Großvater sitzen unter dem Baum. Wir nehmen dir nichts weg.»

«Lass ab von mir», sagte er und streifte mit dem Ärmel über sein Gesicht. Er wollte das Blut abwischen, riss aber bloß die verkrusteten Wunden wieder auf.

«Komm zu uns, wir haben Jod», erklärte Janek.

«Ich gehe meines Weges», gab der Landstreicher schroff zurück.

Da ließ Janek ab von ihm und lief zurück.

Er ging eben auf den Baum zu, da rief ihm der Landstreicher nach: «Warte einen Moment.»

«Was willst du?», fragte Janek.

«Ich komme doch zu euch», sagte der Mann und kletterte die Böschung hinauf.

Schließlich stand er mit blutigem Gesicht und schwer atmend bei ihnen am Baum. Janek zögerte nicht lange, wusch sein Gesicht mit einem dünnen Lappen und strich Jod auf die Wunden.

Der Mann erholte sich wieder, sah sich um und fragte: «Wer seid ihr?»

«Landstreicher wie du», antwortete Großvater Sergei.

«Bewirft man euch nicht mit Steinen?»

«Doch.»

«Und was macht ihr dann?»

«Ich bin blind, aber mein Enkel Janek ist unerschrocken, er erteilt den Burschen eine Lektion.»

«Hätte ich doch die Kraft, ihnen nachzulaufen.»

«Und wohin bist du unterwegs?», fragte Großvater Sergei.

«Zum Kloster Santa Maria. Ich habe mich vor meinem Vater schwer versündigt, habe ignoriert, dass er krank und alt ist. Völlig vereinsamt ist er gestorben. Diese große Sünde lässt mir keine Ruhe. Danke, dass ihr mich als Gast aufgenommen und meine Wunden gepflegt habt. Ich ziehe weiter. Etwa einen Tagesmarsch soll es bis zum Kloster sein. Mein einziger Wunsch ist: zwei, drei Tage im Kloster verweilen und dann im Hof sterben.»

Der Mann stand auf und ging seines Weges. Sein großer Körper und sein Gesicht blieben Janek und Großvater Sergei noch eine Weile gegenwärtig, dann löste sich das Bild in nichts auf.

33

Zu dieser Jahreszeit sind die Nächte in den Bergen kalt. Janek zog einen Pullover und lange Unterhosen an, dennoch drang ihm die Kälte in die Knochen. Großvater Sergei beklagt sich nicht. Er schläft unter freiem Himmel, in der Ebene wie in den Bergen, weiß, dass zum Winteranfang in den Bergen ein schneidender Wind geht und nur ein Militärmantel aus Zelttuch wirklich dagegen schützt.

Janek ist ganz von einer neuen Mission erfüllt, die er auf sich genommen hat: Von ihrem Rastplatz aus kontrolliert er die Wege. Wenn junge Burschen Landstreicher misshandeln, springt er auf sie zu und verscheucht sie. Hin und wieder packt er einen von ihnen, schlägt ihm ins Gesicht und zwingt ihn, den Landstreicher um Verzeihung zu bitten.

Einer der Landstreicher rief: «Noch nie ist jemand gelaufen gekommen, um mich zu retten. Nimm diesen Schal, möge er dich gegen die Kälte schützen.»

«Danke», sagte Janek, nahm aber den Schal nicht an.

«Wer bist du?», wollte der Landstreicher wissen.

«Ich bin der Enkel von Großvater Sergei.»

Der Landstreicher war erschrocken, als er diese Antwort vernahm, fragte aber nicht weiter und ging davon.

Nachdem er unter den Baum zu Großvater Sergei zurückgekehrt war, zog Janek in das nahe gelegene Wäldchen, um Pilze zu sammeln. Früher war er mit seiner Mutter zum Pilzesammeln in den Wald gegangen. Sie hatte ihm beigebracht, giftige von essbaren Pilzen zu unterscheiden. Vorsichtig liefen sie über den feuchten Boden, da lugte plötzlich ein kleiner Strauß Pilze zwischen dem braunen Laub hervor. Die Mutter kniete nieder und legte jeden einzeln in das Strohkörbchen.

Die klare Erinnerung machte ihn benommen – er blieb stehen.

Janek fand eine ganze Fülle von Pilzen. Als sich der Beutel gefüllt hatte, lief er zu Großvater Sergei und erzählte ihm von seinem Schatz. Großvater Sergei lauschte und sagte: «Heute tafeln wir wie die Könige.»

Später erkundigte Janek sich: «Wohin gehen wir als Nächstes?»

«Wir gehen ins Kloster Santa Maria. Viele Pilger ziehen zu dieser Jahreszeit dort hinauf. Vermutlich wird man uns nicht gestatten, mit den Bündeln die Kirchen zu betreten.»

«Zählt man uns zu den Verstoßenen?», fragte Janek.

«Gott liebt die Verstoßenen. Satte, hochmütige Menschen sind bei ihm nicht erwünscht. Gott zieht die Schmerzensreichen an sich.»

«Wird es immer so sein?»

«Davon gehe ich aus.»

Und mit einem Lächeln fügte Großvater Sergei hinzu: «Im Militär lernt man, nicht zu viel zu fragen, sondern zu handeln. Tun ist wichtiger als Fragen. Statt zu fragen, was gerecht ist, handelt man besser gerecht.»

Janek wusste tief in seinem Herzen, dass Großvater Sergei ihn bestärken wollte, in Zukunft noch gerechter zu handeln. Es bedeutet eine Demütigung für jeden Landstreicher, wenn irgendjemand eingreifen muss, um ihn zu verteidigen. Aber sein Glaube an die Menschen wird fortan stärker sein, und er selbst wird als Landstreicher in schwerer Stunde für seine Brüder eintreten.

Mit jedem Tag werden es mehr Landstreicher, Krüppel und Aussätzige, die sich nach Santa Maria aufmachen. Darunter auch ehrenhafte Pilger, die Seite an Seite mit den jämmerlichen Gestalten gehen. Diese stumme, langsam und schwerfällig voranschreitende Prozession fesselte Janeks Blick, lange Zeit betrachtete er sie von seinem Platz aus.

«Jetzt ist die Jahreszeit für Wallfahrten.»

Still und gewaltlos verlief die Prozession.

«Reden sie über den Krieg?», fragte Großvater Sergei.

«Ich habe nichts gehört.»

Noch in derselben Nacht sind gedämpfte, schwere Stimmen zu hören. Großvater Sergei hat keinen Zweifel mehr: Die Rote Armee ist auf dem Weg zu ihnen. Janek weiß, Großvater Sergei mutmaßt und phantasiert nicht. Er redet nur über das, was er weiß oder glaubt. Kein Wunder, dass seine Soldaten mit ihm durch Feuer und Wasser gingen.

In dieser Nacht erzählte Großvater Sergei viel von den Soldaten seiner Kompanie und der Kraft, die sie ausgestrahlt hatten. Sobald sie das Zeichen bekommen hatten, stiegen sie auf die Pferde und preschten im Galopp davon. In vierzig Pferden steckte eine gewaltige Wucht. Die Erde bebte unter ihren Hufen.

Nah und fern jubelte man ihnen zu. Alles wusste, sie zogen aus, um Menschenleben zu retten.

Einmal ging eine Mühle in Flammen auf, und die Kompanie kam sofort. Viele Menschen waren in der Mühle gefangen. Die Kompanie brach die Türen auf und teilte sich in Gruppen: Die einen löschten das Feuer mit Wasser, die anderen verstreuten Sand, und die dritte Gruppe bahnte sich einen Weg durch den Qualm und befreite die Menschen. Die Sanitäter versuchten zu helfen und konnten noch einige weitere Menschenleben retten. Als die Operation abgeschlossen war, lagen vor ihnen sieben Tote auf der Erde, darunter auch der geliebte Soldat Peter, ein unerschrockener Kämpfer, der sich immer als Erster in Gefahr gestürzt hatte.

Die Geretteten, und das waren viele, umarmten die Soldaten und weinten. Alle riefen ihnen zu: «Dank euch Soldaten hat das Leben einen Sinn. Dank euch wissen wir, was Liebe heißt.»

«Wir haben unseren innig geliebten Peter in das Banner unserer Einheit gehüllt, seinen toten Körper auf eines der Pferde gehoben und sind in einem Trauerzug zur Basis zurückgeritten. Bei solchen Rettungsaktionen waren wir zu zehnt», schloss Großvater Sergei und versank augenblicklich in sich.

34

In der Nacht redeten Stimmen zu Janek: «Janek, Großvater Sergei hat dich zum Kämpfer ausgebildet. Morgen wirst du eine Pistole bekommen. Von nun an musst du den Feldzug leiten: einer gegen viele. Das ist ein edler Krieg. Lass dir von den vielen keine Angst einjagen. Sie sind eine gesichtslose Herde. In den kommenden Tagen schon wirst du viele verlorene, schmerzerfüllte Landstreicher verteidigen müssen. Fürchte dich nicht. Deine Eltern sind bei dir. Die Großeltern sind bei dir, und der Gott der Gerechtigkeit ist an deiner Seite. Du wirst die Hilflosen, die im Staub liegen, aufrichten. Und das wird Großvater Sergei ebenso wie all jene, in deren Herzen das Licht Gottes noch nicht erloschen ist, mit großem Stolz erfüllen.»

Janek erwachte. Die klaren Worte waren ihm noch immer gegenwärtig, es erstaunte ihn sehr, wie gut er sich an jedes davon erinnerte. Tief in seinem Innern wusste er, ihm stand eine große Mission bevor, der er vielleicht gar nicht gewachsen war. Das erschreckte ihn für einen Moment, doch sogleich nahm er sich zusammen, ging zu Großvater Sergei und erzählte ihm von dem Traum. Großvater Sergei lauschte und sprach nur: «Gott ist mit dir.»

Noch am selben Morgen rotteten sich einige Burschen zusammen und bewarfen die Landstreicher mit Steinen. Janek, von dem nächtlichen Traum gestärkt, stieg hinab und fiel über sie her. Sie fühlten seinen eisernen Zorn und nahmen Reißaus. Einer aber warf, während er floh, einen Stein und traf ihn an der Schulter. Janek gab nicht auf, setzte ihnen nach, bis er einen zu packen bekam, ihm ins Gesicht schlug und ihn zu sagen zwang: «Ich bin ein Verbrecher, ich habe vor Gott und diesem Menschen, dem Landstreicher, gesündigt.»

Jener sprach Janek Wort für Wort nach, seine Lippen zitterten, sein ganzer Körper bebte. «Es gibt einen Gott im Himmel, der wird mich richten, wenn die Zeit gekommen ist.»

«Jetzt verschwinde von hier, dass du mir ja nicht noch mal unter die Augen kommst.»

Erst als er wieder bei ihrem Platz am Baum war, sah er, wie stark er an der Schulter blutete. Er zog sein Hemd aus, wusch das verkrustete Blut ab und strich Jod auf die Wunde.

Großvater Sergei wich nicht von seiner Seite.

«Wie viel Blut hast du verloren?», fragte Großvater Sergei.

«Das Hemd ist ein bisschen rot.»

«Tut es weh?»

«Nein.»

«Du musst dich in jedem Falle mindestens einen Tag ausruhen, viel Wasser trinken und gut essen.»

«Ich wollte Pilze zubereiten.»

«Das kannst du heute Abend machen, nicht jetzt. Ein echter Soldat weiß, dass er ausruhen muss, wenn er verwundet wurde. Ruhen ist genauso wichtig, wie zur Tat zu schreiten. Denk an nichts, mach deinen Kopf frei, und konzentriere dich auf deine Genesung, denn das ist jetzt das Wichtigste.»

Großvater Sergeis Worte wirkten sofort. Janek schloss seine Augen und schlief ein. Es war ein tiefer Schlaf. Wieder sah er Christina vor der Klasse stehen, wie sie ihre Kameraden aufforderte, in den Hof zu gehen und gegen seinen Ausschluss von der Schule zu protestieren. Die Jungen kicherten, rührten sich nicht von der Stelle. Christina erhob die Stimme. Selbst als die Lehrerin die Klasse betrat, hörte sie nicht auf zu schreien. Die Lehrerin alarmierte die Krankenschwester der Schule und den Hausmeister, die Christina mitnahmen. Auch auf dem Korridor schrie sie weiter. Kein Wunder, dass sie krank wurde und jetzt im Sanatorium liegt.

Noch im Traum erschütterte der Kanonendonner seine Ohren, und er schlug die Augen auf. Großvater Sergei war bereits wach und fragte: «Geht es dir besser?»

«Viel besser.»

In derselben Nacht hörten sie von unten am Weg Schmerzensschreie. Junge Burschen überfielen einen Landstreicher und plünderten ihn aus. Großvater Sergei erlaubte Janek nicht hinunterzusteigen. «Du bist verwundet, die Wunde muss erst verheilen. Ein Soldat ist ein Kämpfer, aber kein Selbstmörder», erklärte Großvater Sergei im Befehlston.

Nachdem er vom Tee getrunken und an der Pfeife gesogen hatte, zeigte er Janek, wie man eine Pistole auseinandernimmt und wieder zusammensetzt. Zweimal zeigte er ihm, wie es geht. Janek verfolgte jedes Detail und versuchte, es Großvater nachzumachen. Beim ersten Versuch gelang es ihm nicht, doch beim zweiten Mal machte er alles richtig.

«Befestige die Pistole am Gürtel und dann binde ihn dir um. Gewöhne dich langsam an die Pistole. Du musst sie Tag und Nacht bei dir tragen.»

«Danke, Großvater Sergei», sagte Janek erregt.

In derselben Nacht war Großvater Sergei in heiterer

Stimmung, er erzählte Janek wieder von seinem Dorf, seinen Eltern und seiner Schwester Irene. Die Eltern waren echte Bauern, doch etwas an ihnen war anders gewesen: Sie schlachteten keine Tiere und aßen kein Fleisch. Ihr Verzicht hob sie von allen anderen ab.

Der Vater war ein ehrlicher Mensch, streng zu sich selbst, gab den Armen Almosen und missbilligte die Heuchler und Betrüger. Einige Familien im Dorf liebten seine Familie wegen dieser Tugenden, doch die meisten bezeichneten sie abschätzig als Vegetarier und luden sie nicht in ihr Haus ein.

«Hast du darunter gelitten, Großvater Sergei?», fragte Janek.

«Ich habe gelitten, aber nicht zugelassen, dass diese Kränkung meinen Geist trübt. Wer mich spöttisch ‹Vegetarier› nannte, dem habe ich eine verpasst. So hörten sie allmählich auf, mich zu schikanieren.»

«Wolltest du schon in deiner Jugend Kampfsoldat werden?»

«Nein. Ich wollte Priester werden. Unser Priester mochte meinen Vater und meine Mutter. Er war ein großer, starker Mann, er hackte Holz, reparierte Regenrinnen, und wenn das Dach unter der Schneelast zusammenbrach, baute er es mit eigenen Händen. Niemand wagte es, ihm unverfroren zu begegnen, jeder zollte ihm Respekt, selbst wenn er bestimmte, dass man den Landstreichern im Winter nachts ein Obdach und eine warme Mahlzeit geben müsse.»

«Wolltest du sein wie er?»

«Ja.»

«Was ist passiert?»

«Ich wurde ins Militär eingezogen, und das Militär eroberte mein Herz. Zum Glück kam ich in die Spezialeinheit, die für Rettungseinsätze innerhalb des Militärs, aber auch bei allen anderen Menschen zuständig ist. Viel Kummer und Schmerz habe ich während meiner Dienstzeit gesehen, doch auch viele Momente erlebt, die seelisch erhebend waren. Ein Gesicht, das dir plötzlich aus den Trümmern eines eingestürzten Hauses entgegenblickt, und es liegt in deiner Hand, diesen Menschen zu retten – das ist ein Augenblick, in dem du ganz entschlossen handeln musst. Alles hängt von der richtigen Bewegung ab. Ein unvorsichtiger Handgriff – und du verzeihst dir das dein ganzes Leben nicht.»

Unterdessen war der Prinz verschwunden. Janek ging ihn suchen, zog lange Zeit zwischen den Häusern umher.

«Was sollen wir jetzt tun?», fragte er Großvater Sergei.

«Unser Prinz ist vielleicht in sein erstes Zuhause zurückgekehrt. Er ist bei uns anscheinend nicht richtig satt geworden.»

«Und kommt er nicht mehr zu uns zurück?»

«Wir warten ab, dann sehen wir.»

Wenn Großvater Sergei in einem besonderen Tonfall einen solchen Satz sagt, fühlt Janek, dass er das Leben als ein Geheimnis versteht, dessen Wege man nicht immer ergründen kann.

Janek war traurig, eine Träne rann über seine Wange. Ihr Prinz hatte Wärme und Liebe verströmt. Doch was sollten sie jetzt tun? Für Landstreicher ist es schwer, für Tiere zu sorgen.

«Kommt er zu uns zurück?» Janek ließ diese Frage keine Ruhe.

Er hatte vergessen, dass Großvater Sergei nicht zweimal auf dieselbe Frage antwortet.

35

Am nächsten Tag hatte Janek alle Hände voll zu tun. Die Landstreicher, die auf dem staubigen Weg zum Kloster Santa Maria zogen, waren leichte Beute für die Burschen, die ihnen auflauerten und sie ausplünderten. Janek sprang wie ein junger Panther hervor, ergriff einen von ihnen und gab ihm die Wucht seines Armes zu spüren. Die Landstreicher bekreuzigten sich beim Anblick des jungen Retters. Einer von ihnen hielt ihn auf und fragte: «Wer bist du?»

«Ich bin der Enkel von Großvater Sergei.»

«Gott segne dich.»

Einer reichte ihm eine warme Jacke und sagte: «Sie ist besser bei dir aufgehoben als bei den Räubern.»

Janek lehnte ab: «Ich helfe nicht, um Geld oder teure Kleidung dafür zu bekommen.»

«Warum dann?»

«Weil Gott uns befohlen hat, den Hilflosen zu helfen.»

«Und das tust du?»

«Nur das», sagte Janek und ging seines Weges.

Großvater Sergei hat Janek gelehrt zu schweigen, doch er hat ihn auch gelehrt, in wenigen klaren Worten zu antworten.

Noch während des Kampfes hatte es zu regnen begonnen. Janek bedeckte die Rucksäcke und Bündel mit der großen Plane, holte für Großvater die Regenjacke heraus, die noch aus Militärzeiten stammte, und sich selbst hüllte er in die kleine Plane. Es regnete stark, doch Großvater Sergei war findig wie immer. Er wandte sich an einen der Bauern, der nach Hause lief, und fragte: «Gibt es hier eine Herberge?»

«Nein.»

«Und wo können wir Obdach finden?»

«Nicht weit von hier gibt es eine Ruine. Die ist, glaube ich, überdacht.»

«Danke für den Rat, Gott segne dich.»

Ohne länger zu zögern, machte Janek sich auf die Suche nach der Ruine. Sie war tatsächlich überdacht, hatte aber weder Fenster noch Türen. Janek kehrte zu Großvater Sergei zurück und erzählte ihm, was er entdeckt hatte. Sie trödelten nicht, sammelten die Bündel und Rucksäcke ein und brachen auf.

Sie hatten Glück, denn der Ofen in der Ruine war intakt. Janek lief zum Wäldchen, holte Reisig, entfachte ein Feuer, und, oh Wunder, der Ofen arbeitete, verbreitete Licht und Wärme.

«Es geschehen wundersame Dinge», sagte Großvater Sergei.

Janek brachte einen weiteren Haufen Reisig. «Jetzt haben wir auch eine Unterlage zum Schlafen», freute Janek sich. Anschließend kochte er Maisgrütze, verfeinerte sie mit ein wenig Käse, deckte das Reisig mit Säcken ab, breitete ein Tischtuch für die Mahlzeit aus, und sie setzten sich nieder zum Essen.

In derselben Nacht donnerte es laut am Horizont. Sein Gefühl sagte Großvater Sergei, dass die Deutschen auf dem Rückzug waren und die Rote Armee in wenigen Tagen eintreffen würde.

«Kehren die Eltern und die Großeltern zurück?», fragte Janek.

«Beten wir darum.»

Der Regen wurde nicht weniger, Janek sah nach, ob Landstreicher unterwegs waren. Es waren keine zu sehen, aber einige überdachte, geschmückte Kutschen ehrenhafter Pilger zogen langsam vorbei. Janek kehrte zurück und erzählte Großvater, was seine Augen gesehen hatten.

Großvater Sergei sagte: «Auf den Leidenden und Schmerzensreichen ruht die Welt, nicht auf den Satten und Hochmütigen.»

«Was bedeutet ‹ruht die Welt›?», fragte Janek.

«Die Leidenden und die Schmerzensreichen wissen, was ein Wunder ist. Sie nehmen nichts für selbstverständlich. Sie wenden sich immerfort an Gott, darum sind sie ihm nah. Wer satt und hochmütig ist, der hat nur sich selbst in der Welt. Mag er auch in die Kirche gehen, so ist er Gott doch fern.»

Janek lauschte. Er verstand Großvater Sergeis Worte, wenn auch nicht ganz.

Unterdessen wurde der Ofen immer heißer. Der Wind pfiff durch die Ruine, aber es war dennoch nicht kalt. Janek sah ins Feuer und hatte das Gefühl, Vater und Mutter stünden neben ihm, sein Herz erglühte vor Sehnsucht.

Gleichzeitig fragte Großvater Sergei Janek, ob es eine Mesusa am Türpfosten gebe.

«Was ist eine Mesusa?», fragte Janek.

«Die Mesusa enthält auf Pergament geschriebene Verse aus der Bibel, sie ist am Türpfosten angebracht. Schau nach, ob es einen dicken Türpfosten gibt.»

«Gibt es, Großvater.»

Großvater Sergei reagierte nicht gleich. «Auch von hier hat man die Juden vertrieben.»

Janek wollte noch mehr Einzelheiten wissen, doch er fragte lieber nicht. Großvater Sergeis Schweigen ist manchmal so gewaltig, es wäre eine Schande, ihn zu stören. Einmal hatte ihm Großvater Sergei gesagt, dass man über Dinge, zu denen man nichts sagen kann, besser schweigt.

Stündlich sah Janek nach, ob Landstreicher unterwegs waren. Plötzlich hörte er jemanden bitterlich weinen. Es war ein Landstreicher, der völlig durchnässt unter dem Baum saß. Auch seine Bündel waren nass.

«Was ist passiert?», fragte Janek.

«Ich bin verzweifelt. Ich hoffte, nach Santa Maria zu kommen, um zu beten und um Vergebung zu bitten. Und jetzt hänge ich hier fest, bis auf die Knochen durchnässt, auch die Bündel sind vor lauter Nässe so schwer, ich kann sie kaum noch tragen. Ich bin am Ende.»

«Komm zu uns», schlug Janek vor. «Auch wir sind Landstreicher. Wir haben Unterschlupf in einer überdachten Ruine gefunden.».

«Ich betrete diese Ruine nicht. Die gehört den Juden.»

«Wieso?»

«Dort hausen Dämonen und böse Geister. Als ich einmal in eine solche Ruine hineingegangen bin, haben sie mich gebissen. Da habe ich mir geschworen, nie wieder eine jüdische Ruine zu betreten.»

«Wir wohnen schon eine Woche darin.»

«Das ist mir einerlei. Mich haben sie gebissen.»

Janek wusste nicht, was er sagen sollte. Beim Reden über Juden, Geister und Dämonen bekam der Landstreicher einen lebhaften Gesichtsausdruck. «Das haben die Juden zurückgelassen», sagte er noch. «Unsere Leute dürfen sich diesen Ruinen auf keinen Fall nähern.»

Der jämmerliche Mann, der vor wenigen Minuten noch bitterlich geweint hatte, sprach mit einem Mal ganz selbstsicher.

Wieder erzählte Janek, was ihm widerfahren war.

Großvater Sergei sagte: «Gegen Aberglauben ist nichts auszurichten. Einstweilen aber schützt uns die Ruine. Der Ofen, der Tag und Nacht glüht, verbreitet eine angenehme Wärme, und der Schimmel an den klammen Wänden riecht nicht mehr so streng wie zuvor.»

Draußen ist es kalt und nass, wäre die Ruine nicht, würden sie sich mit den anderen Landstreichern zum Kloster Santa Maria hinaufschleppen.

Janek übt täglich, die Pistole auseinanderzunehmen und wieder zusammenzusetzen, schießt spät in der Nacht auf ein Ziel, damit er am Tag, wenn er den Befehl bekommt, bereit ist. An den Pistolengürtel hat er sich bereits gewöhnt.

Großvater Sergei schärft ihm unentwegt ein: Nicht schießen, nur im Notfall. Und selbst dann nur in die Luft. Wenn du schießt und jemanden verletzt, bringen wir alle Dörfer gegen uns auf.

Janek versteht diese Anweisung gut und hofft, dass seine Hände ihm ausreichen werden und er ohne Pistole auskommt. Schade, dass nur, wenn Gefahr droht, seine verborgenen Kräfte hervorbrechen. Tagsüber überkommt ihn manchmal eine Schwäche, und er fragt sich: Wie soll ich fünf, sechs Gegner bezwingen? Sie sind genauso groß und stark wie ich und obendrein noch viel älter.

In der Nacht redeten wieder Stimmen zu ihm: «Fürchte dich nicht, Janek, Gott ist mit dir. Wer Böse bekämpft, dem schenkt Gott besondere Kraft. Nicht die vielen werden den Sieg entscheiden. Die Kraft von wenigen treuen, ergebenen Kämpfern darf man nicht herabwürdigen. Sie tun das Unmögliche, und du, Janek, wirst einer von ihnen sein.»

Janek erwachte. Draußen herrschte noch dichte Dunkelheit, der Ofen aber glühte, verströmte Licht und Wärme.

Großvater Sergei schlief wie ein Soldat in seinen Kleidern. Janek saß auf dem Reisig, die Stimmen, die zu ihm geredet hatten, wisperten noch immer in seinem Kopf. Er war in bester Form, doch nachdem er eine Tasse Tee getrunken hatte, sah er seine Mutter vor sich, sie sagte ihm: «Mein Lieber, gut, dass wir einander sehen.»

Sofort gewann er an Kraft.

36

In der Zwischenzeit wurden die Donner am Horizont lauter. Großvater Sergei fragte einen Bauern, ob die Deutschen auf dem Rückzug seien.

«So sagt man.»

«Und gibt es Anzeichen dafür?»

«Die Eisenbahn ist voller verwundeter Soldaten, die man in die Heimat zurückbringt.»

«Gott segne dich.»

Großvater verzichtet nicht darauf, sich Gesicht und Oberkörper zu waschen. Eine Angewohnheit aus Zeiten des Militärdiensts. Zwar ist es kalt, aber um wach und sauber zu sein, muss man sich waschen. Janek tut es ihm gleich. Ein schmutziger Körper taugt nicht zum Kampf.

Mit jedem Tag sind mehr Landstreicher unterwegs. Es geschieht, dass einer vor lauter Zorn und Gereiztheit über den Freund neben ihm herfällt, und sie bis aufs Blut miteinander ringen. Janek tritt dazwischen und sagt: «Zankereien schicken sich nicht für Landstreicher. Ihr seid Söhne Gottes. Ihr müsst Geduld haben. Einander helfen in dieser schweren Stunde.»

Sie sind so sehr von dem Streit erhitzt, dass Janeks Worte ihren Zorn nur noch mehr entfachen, und am Ende hat Janek keine andere Wahl, als die Pistole zu ziehen und ihnen zu drohen: «Wenn ihr nicht sofort aufhört – schieße ich.» Bestürzt über sein entschlossenes Auftreten und die Pistole, nehmen sie ihre Bündel und fliehen vor seinem Angesicht.

Am Abend wollte Janek sagen: Dieser Kampf treibt uns in die Verzweiflung. Doch er hielt sich zurück und sagte nichts. Er weiß, dass Großvater Sergei das Wort «Verzweiflung» nicht gern hört. Dann sagte er: «Die Landstreicher und die Hilflosen wissen nicht, wie man sich verteidigt. Am Ende geraten sie in Streit.»

Großvater Sergei hörte zu, nahm die Sätze auf und sagte: «Die Armen haben vor lauter Demütigungen, Ohnmacht und Schmerzen vergessen, dass Gott sie nach seinem Bilde geschaffen hat. Sie müssen alles tun, um fest auf den Beinen zu stehen, ihre Gegner höhnen und kämpfen.»

«Was soll ich tun?», fragte Janek.

«Den menschlichen Stolz und den göttlichen Funken in ihnen wecken.»

«Und das wird helfen?»

«Auch wenn es nicht hilft, müssen wir das tun.»

Die Vorräte wurden immer knapper. Janek zog einen Wollschal aus seinem Ranzen und sagte zu Großvater Sergei: «Ich gehe etwas zu essen kaufen.»

«Was wirst du ihnen geben?»

«Ich habe einen neuen Wollschal.»

«Nimm meinen Schal. Ich habe zwei.»

«Verzeihung, Großvater, aber du bist älter als ich und musst darauf achten, dass dein Körper warm bleibt.»

«Aber du bist ein Mann des Krieges und starken Winden ausgesetzt.»

Janek fand einen Kompromiss: «Dieses Mal nehme ich meinen Schal und beim nächsten Mal deinen.» Großvater gluckste amüsiert: «Eine jüdische Seele, nichts zu machen.»

Janek lief in den Laden. Sogleich zeigte er der Besitzerin den Schal und fragte: «Was geben Sie mir dafür?»

«Einen Laib Brot und ein Stück frische Butter.»

«Und Kartoffeln bekomme ich keine dazu?»

«Bekommst du, aber nicht mehr als ein Kilo.»

Als er im Eingang des Ladens stand, sah er, wie sie den Schal in die Höhe hob und flüsterte: «Neu.» Als Janek das Wort vernahm, gab ihm das einen Stich ins Herz. Seine Mutter hatte ihn einen Monat, bevor er das Haus verlassen hatte, gestrickt.

Janek steht frühmorgens auf und sieht den Prinzen vor sich. In der kurzen Zeit, die er bei ihm war, hatte er dieses reizende Geschöpf in sein Herz geschlossen. Wie liebevoll hatte er ihn behandelt, damit er etwas aß. Maisgrütze lehnte er ab, Obst und Kartoffeln wollte er nicht probieren, nur ein bisschen Käse hat er angerührt. Anscheinend ist er vor lauter Hunger zu den Bauern gelaufen. Bei denen gibt es immer Fleisch.

«‹Gutes Essen macht Soldaten stark›, sagt man in der Armee», versuchte Großvater Sergei, Janek zu erheitern. Doch dieses Mal trösteten seine Worte nicht. Janek fühlte mehr und mehr, dass ein Teil von ihm mit dem Prinzen fortgegangen war. Vergebens suchte er weiter nach ihm.

Nach wie vor bietet die Ruine ihnen Schutz, doch in den letzten Tagen waren böse Stimmen um sie herum laut geworden. In der Nacht erwachte Großvater Sergei und hörte Schritte. Niemand sprach, doch es war klar, dass man darauf sann, sie zu vertreiben oder zu schlagen.

Noch in derselben Nacht entschied Großvater Sergei,

dass sie die Ruine am nächsten Tag verlassen und sich wieder auf den Weg machen würden. Zuvor aber frühstückten sie, Großvater trank seinen Tee und rauchte eine Pfeife. Als Janek zu dem Pfad hinuntersteigen wollte, um einem der Landstreicher zu helfen, erlaubte Großvater es ihm nicht: «Wir müssen in Alarmbereitschaft sein.»

Am Nachmittag packte Janek die Ranzen und Bündel, und sie verabschiedeten sich von der Ruine. Vor dem Hinausgehen sagte Großvater Sergei: «Janek, gehe zum Türpfosten und küsse die Mesusa. So machen es die Juden, bevor sie das Haus verlassen.» Janek ging zur Mesusa und küsste sie. Sie verharrten einen Moment mit ihren Sachen auf der Schwelle, dann brachen sie auf.

«Eine gute Ruine. Sie hat uns einige Tage Schutz geboten», sagte Großvater Sergei.

Janek wusste, dass Großvater Sergei eine innere Verbindung zu Pflanzen und Tieren hatte. Jetzt spürte er, dass er auch mit den unbelebten Dingen ein Gespräch führte. Als sie sich jedoch weit von der Ruine entfernt hatten, fühlte Janek, dass seinen Lippen ein Rätsel anhaftete, seit er den Türpfosten geküsst hatte. Er wollte Großvater Sergei fragen, doch er hielt sich zurück. Vielleicht würde sich die Sache unterwegs klären. Vielleicht würde er ihn bei der nächsten Rast darauf ansprechen.

Großvater Sergei sagt: «Auf jeder Reise begegnest du dir selbst neu. Du siehst und hörst, was du selbst siehst und hörst, aber wenn du jemanden wie Janek zum Freund hast, der dir alles erzählt, was er sieht – weitet sich dein Horizont, und du freust dich, dass du nicht abgetrennt bist von der Welt.»

37

Die Kanonen donnern. Der Strom der Landstreicher nach Santa Maria hinauf bricht nicht ab.

«Was tun? Wie können wir helfen? Hat man sich um einen gekümmert, ziehen zehn Verletzte vorüber.»

Großvater Sergei ist überzeugt, dass die Kraft eines echten Kämpfers wächst und größer wird, wenn scheinbar alles verloren ist.

«Großvater Sergei, ich fühle mich nicht immer stark», verbarg Janek ihm nicht.

«Weil wir nicht alle Zeit mit Gott verbunden sind. In dem Moment, in dem Gott uns den Sinn für Gerechtigkeit gibt, mehrt sich unsere Kraft. ‹Fürchte dich nicht und zage nicht›, sagt Gott zu Josua, und so sagt er es zu jedem gerechten Kämpfer.»

Großvater Sergei ist meistens in sich gekehrt, doch an manchen Tagen redet er mit derselben Stärke, mit der er sonst schweigt.

Der Himmel war bewölkt, aber es fiel kein Regen. Janek war auf alles gefasst. In der Zwischenzeit hatte er einen dicken Baum gefunden, der sein dichtes Geäst über ihnen ausspannte, dort setzten sie sich nieder. An trockenen Zweigen fehlte es nicht im Wäldchen. Janek sammelte welche und richtete ein Lagerfeuer her. Ein solches Feuer erzeugt sofort das Gefühl, dass man einen Ort hat, an den man zurückkehren kann.

Janek lässt den Hauptpfad, der zu Santa Maria hinaufführt, nicht aus den Augen. Die Raufbolde erkennen ihn von Weitem, und wenn er hinabsteigt, nehmen sie Reißaus. Janek läuft ihnen nicht nach. Er setzt sich und inspiziert das Gebiet: Die meisten, die zum Kloster hinaufziehen, sind Landstreicher. Es finden sich darunter aber auch einige Menschen mit eigenem Haus, die im Kloster Santa Maria beten und für ihre Sünden sühnen wollen.

Auf einmal sah Janek wieder den Prinzen vor sich, und sofort war der Schmerz über sein Verschwinden zurück. Die kurze Zeit, die der Prinz bei ihnen verbracht hatte, hat sich Janek tief eingeprägt. Seit er fort ist, verspürt er eine große Sehnsucht nach ihm.

Als Janek von einem seiner Streifzüge zurückkehrte, fand er Großvater Sergei blutüberströmt. Erneut waren zwei Raufbolde über ihn hergefallen. Großvater Sergei hatte mit ihnen gerungen, sie zu Boden geworfen, doch zuvor hatten sie ihn noch ordentlich zerkratzt. Janek wusch sein Gesicht mit einem Lappen und bestrich die Schrammen mit Jod.

Großvater Sergei beklagte sich nicht, er sagte bloß: «Sie haben ausgenutzt, dass ich blind bin, dafür wird Gott mit ihnen abrechnen.»

Auf einmal kam ein Junge von etwa sieben Jahren auf Janek zu, schaute ihn an und fragte: «Wer bist du?»

«Mein Name ist Janek.»

«Und was machst du?»

«Bestrafe die Raufbolde, die den Landstreichern, Krüppeln und Aussätzigen Böses antun.»

«Machst du das allein?»

«Nicht allein, mit Gottes Hilfe.»

«Kann ich bei dir mitmachen?»

«Noch nicht. Wenn du groß bist.»

Einen kurzen Moment stand der Junge von tiefem Erstaunen erfasst da, dann zog er seines Weges.

Janek fühlt schwere Tage auf sich zukommen. Er spürt es in den Händen und Füßen. Seine Gedanken belasten ihn nicht. Er hat sie von sich fortgeschoben.

Am nächsten Tag verließen sie den großen Baum mit der ausladenden Krone und kamen zu einem Aussichtspunkt, von dem aus man den Weg zum Kloster Santa Maria überschauen konnte.

«Was ist zu sehen?», fragte Großvater Sergei.

«Langsam gehende Menschen.»

«Viele?»

«Nicht viele. Die meisten sind Landstreicher.»

«Tut man ihnen Böses an?»

«Einige Raufbolde überfallen sie und plündern ihre Bündel.»

Janek ist angespannt. Auch Großvater, aber er gibt keine Anweisungen. Janek blickt sich still um, fixiert das Ziel und greift schnell und mit ganzer Kraft an. Dieses Mal hat er zwei größere Jungen niedergeworfen. Sie flehen ihn an, er möge sie nicht schlagen. Schließlich befiehlt er ihnen, niederzuknien und die Landstreicher um Vergebung zu bitten.

«Wir bitten um Vergebung», riefen sie gleichzeitig.

«Nicht so.»

Am Ende sagten sie: «Wir bitten die Menschen um Vergebung, die wir verletzt haben, und Gott, der uns befohlen hat, jeden Menschen zu lieben.»

Sie waren verwirrt, hatten nicht genau das gesagt, was Janek ihnen vorgesprochen hatte. Janek sah sie verächtlich an und befahl ihnen, noch einmal seine Worte zu wiederholen. Schließlich, als es ihnen nicht gelang, die Worte richtig zu sagen, fragte er sie: «Wer ist der König der Welt?» Nach kurzem Zögern antwortete einer von ihnen: «Gott.»

«Richtig, und was hat er uns zu tun befohlen?»

«Keine Landstreicher zu schlagen und auszuplündern.»

«Und noch einmal gemeinsam: ‹Keine Landstreicher zu schlagen und auszuplündern.› Jetzt verzieht euch möglichst unauffällig von hier und denkt über das nach, was ihr geschworen habt. Darüber, wozu ihr euch verpflichtet habt.»

38

Am nächsten Tag ging er wieder zum Pfad. Die Landstreicher schritten träge voran, zogen schlurfend ihre Bündel hinter sich her. Auf den Hügeln standen junge Burschen und warfen Steine nach ihnen. Vergeblich versuchten die Elenden, den Kopf mit ihren Mänteln zu schützen. Die Steine trafen sie am ganzen Körper. Janek tauchte ab und sprang auf die Aufrührer zu. Es gelang ihm, einigen Burschen ins Gesicht zu schlagen und ihnen die geraubten Bündel zu entreißen. An diesem Tag stieg er mehrere Male zu dem Pfad hinunter. Mit jedem Mal wurde ihm bewusster, dass seine Anstrengungen nur ein kleiner Tropfen im großen Meer waren. Die Burschen sind schamlos, und die Landstreicher besitzen nicht einmal die Kraft zu fliehen.

Janek erfasste die Lage genau, kehrte zu Großvater Sergei zurück, erzählte ihm die Einzelheiten und bat ihn um Rat. Großvater Sergei ließ sich Zeit damit. Er zog sich in sich zurück, und erst am Abend verkündete er: «Gottes Wege sind unerforschlich, aber wir werden tun, was in unserer Macht liegt.»

Im Traum sah Janek seine Mutter, mit einem Ranzen auf dem Rücken, sie kommt kaum vorwärts. Neben ihr geht der Vater, sein Ranzen ist noch schwerer als ihrer. Janek springt auf, bahnt sich einen Weg durch die Menge; er nimmt den Eltern die Rucksäcke ab, zieht sie aus dem Gedränge, führt sie auf den Hügel hinauf und setzt sie neben Großvater Sergei.

Als er erwachte, stand ihm der Traum noch klar vor Augen. Es war kalt, Janek zündete rasch das Lagerfeuer an. Die in ihm gesammelte Kraft hatte nicht nachgelassen, und er fühlte, dass er bald eine große Tat vollbringen würde. Doch was für eine Tat würde das sein? Er erriet es nicht. Eine innere Glut wie diese hatte er nie zuvor gespürt. Er ging wieder zum Pfad. An der Art, wie die Landstreicher voranschritten, war zu erkennen, dass sie ihre ganzen Kräfte brauchten, um den Hügel zu erklimmen, doch dieser Abschnitt des Pfads war steil und schlammig.

Unterdessen kam die Sonne heraus, der Himmel klarte auf.

«Was siehst du, Janek?», fragte Großvater Sergei.

«Die Landstreicher haben ihre Zuflucht verlassen und ziehen wieder den Pfad nach Santa Maria hinauf.»

«Bewerfen die Raufbolde sie mit Steinen und nehmen ihnen ihre Bündel weg?», fragte Großvater Sergei.

«Ja, das machen sie. Ich gehe sie vertreiben», erwiderte Janek und stieg zu den Steinewerfern hinab.

Jetzt hatte er alles unmittelbar vor Augen: Ein Haufen Landstreicher war unten auf dem Pfad den Banden hilflos ausgesetzt. Sie schmissen Steine nach ihnen. Als einer nach dem Ranzen eines Landstreichers griff, versuchte dieser mit aller verbliebenen Kraft, den dürftigen Besitz zu retten, doch seine Anstrengungen waren vergeblich. Eine ganze Weile lag er auf der Erde, und die anderen Landstreicher gingen wortlos an ihm vorüber. Schließlich sprach einer zu ihm: «Steh auf, was dir entrissen wurde, kehrt nicht zu dir zurück.

Es hat keinen Sinn, dass du auf der Erde liegst.» Der Landstreicher hörte nicht auf den Rat. Er blieb liegen. Schließlich hob er den Oberkörper, betrachtete seine gleichgültigen Brüder um ihn herum und sagte: «Jeder kümmert sich nur um sich selbst. Niemand hilft mir auf. Wenn ich sterbe, werfen sie mich in die Gosse. Sie werden mich nicht beerdigen.» So vor sich hin murmelnd, setzte er sich auf. Verzweiflung klang aus jedem seiner Worte. Schließlich redete ein vorüberziehender Landstreicher ihm zu: «Steh auf, es hat keinen Sinn, mitten auf dem Weg zu sitzen.»

«Die Raufbolde haben mich ausgeraubt, ich habe nichts mehr.»

«Hilft es dir, wenn du auf dem Weg sitzt?»

«Ich sinne über mein Leben nach, das dicht am Abgrund steht. Ab hier wartet nur noch der Tod.»

Der Landstreicher sah ihn an und sprach: «Nachsinnen kann man auch im Stehen.»

Janek verstand: Von jetzt an musste er auch gegen die gleichgültigen unter den Landstreichern kämpfen, die auf ihrer Wanderschaft den Abglanz von Gottes Antlitz verloren hatten.

39

Am Ende des Tages, an dem er mehrere Male den jungen Burschen die Stirn geboten hatte, war Janek derart erschöpft, dass er sich kaum noch auf den Beinen halten konnte. Er hatte sich eben neben Großvater Sergei gesetzt, da fielen ihm schon die Augen zu, und er schlief ein.

Im Schlaf kehrten die Stimmen wieder und redeten zu

ihm: «Janek, verzweifle nicht. Großvater Sergei hat dich auf mutige Taten vorbereitet. Auf das Mögliche wie das Unmögliche. Du hast gesehen, wie niedergeschlagen deine Brüder, die Landstreicher, sind, wie sie verachtet und gedemütigt werden. Du musst ihnen den Abglanz von Gottes Antlitz zurückgeben. Ohne diesen Abglanz werden sie sich nicht wiederaufrichten.»

«Was tun?»

«Was dein Herz dir zu tun befiehlt.»

«Ich bin erschöpft.»

«Das denkst du nur. Große Kräfte trägst du in dir.»

Als er die Augen aufschlug, dämmerte bereits der Morgen. Großvater Sergei schlief noch. Janek entfachte das Lagerfeuer neu, erwärmte einige Äpfel darin und setzte den Wasserkessel auf die Glut.

Als Großvater Sergei aus seinem Schlaf erwachte, wusch er sich das Gesicht, Janek reichte ihm eine Tasse Tee und zündete die Pfeife an. Er wollte ihm erzählen, was er im Traum gehört hatte, doch er wagte es nicht. Schließlich überwand er sich und sagte: «Großvater, wieder haben Stimmen zu mir gesprochen in der Nacht.»

«Und was haben sie gesagt?»

«Dass ich den Landstreichern den verlorenen Abglanz von Gottes Antlitz zurückgeben soll.»

«Und was hast du gesagt?»

«Nichts habe ich gesagt.»

«Bewahre die Dinge in deinem Herzen. Die Stimmen in deinen Träumen reden nicht ohne Grund zu dir.»

Janek reichte Großvater Sergei eine gebratene Kartoffel und ein Stück Käse, wusch das Geschirr, rückte die Ranzen und Bündel zurecht. Schließlich sagte er: «Großvater, ich mache mich auf den Weg.»

«Behüte dich Gott.»

Und Janek zog los. Er wusste nicht, was der Tag ihm bringen würde. Er schritt mit leeren Händen, doch so geschmeidig, wie es nur jemand tut, der lange Zeit körperlich trainiert hat. Unterwegs entdeckte er ein Stück Blech auf der Erde, von einem Kochtopf oder einer Wanne. Er hob es auf, begutachtete es und kam sogleich auf die Idee, das Blech zu einem Rohr zurechtzubiegen, mit dem er seine Stimme verstärken konnte. Er setzte seinen Weg ohne Eile fort. Er spürte, wie sich in seinen Arm- und Schultermuskeln Kräfte sammelten. Doch diese Wahrnehmung lenkte ihn nicht ab.

Er kam langsam voran. Es war Mittag, Landstreicher zogen über die Straße, darunter einige Krüppel auf Krücken. Auf den Hügeln gegenüber hatten sich einige Burschen zusammengerottet. Noch warfen sie keine Steine, sie schwatzten nur, schubsten einander und lachten. Dieses Bild erzeugte keine Wut in ihm. Er näherte sich dem Pfad, und ohne vorauszuspüren, was er als Nächstes tun würde, hob er sein Sprachrohr: «Hier spricht Janek, der Enkel von Großvater Sergei, Oberleutnant in der Spezialeinheit, der für zahlreiche Kämpfe mit Orden ausgezeichnet wurde. Er hat mich ermächtigt, euch zu sagen: Demütigung hat eine Grenze, wir müssen uns den Abglanz von Gottes Antlitz bewahren, mit dem er uns geadelt hat, dürfen keine Angst haben. Die Angst ist unser größter Feind. Sie ist es, die uns schlägt, nicht die Steine, die die Raufbolde nach uns werfen. Lasst die Angst, in der ihr gefangen seid, hinter euch. Ihr steigt zum heiligen Kloster Santa Maria hinauf und dürft vor den Raufbolden keine Angst haben.»

«Wer bist du?», meldete sich eine Stimme aus der Menge.

«Ich bin der Enkel von Großvater Sergei.»

«Wer hat dir befohlen, uns Moral zu predigen?»

«Ich predige keine Moral, ich will euch helfen, der Vereinzelung zu entkommen, in der ihr gefangen seid.»

Die Burschen auf den Hügeln, die seine Worte hörten, begannen, wie wild Steine zu werfen, und trafen einige Landstreicher. Janek bewahrte Ruhe und warf zwei zu Boden. Der Rest stob nach allen Seiten davon.

Dieses Mal fesselte er einen der Aufrührer, wandte sich an die Landstreicher und sagte: «Ihr habt gesehen, wie leicht es ist, sie in die Flucht zu schlagen. Sie sind keine Helden, bloß mickrige, Dreck fressende Räuber. Jeder gerechte Geist übermannt sie.»

«Wer bist du?», meldete sich wieder dieselbe skeptische Stimme.

Janek zürnte nicht. Er antwortete besonnen: «Ich bin der Enkel von Großvater Sergei, ein geübter Kämpfer.»

«Und wo hast du gelernt, so anzugreifen?»

«Bei Großvater Sergei.»

Währenddessen wurde der Kanonendonner von lärmenden Panzerketten abgelöst. Die Front rückte vor, doch das nahe Dröhnen der fahrenden Stahlmassen hielt die Burschen nicht davon ab, erneut Landstreicher zu überfallen und ihre Bündel zu plündern.

Janek brach hervor, schlug kraftvoll auf sie ein und gab die Ranzen an ihre Besitzer zurück. Wenn es einem der Bösewichte gelang, ihm zu entschlüpfen, setzte er ihm nach und packte ihn.

Als er vom Kampf zurückkehrte, sprachen die Landstreicher in einem anderen Tonfall. Sie hoben die Augen zu Janek auf und fragten: «Was müssen wir tun?»

«Euch mit Messern und Gabeln oder mit zerbrochenen Gläsern bewaffnen. Jeden Räuber schlagen und verwunden.»

Damit waren die Kämpfe an diesem Tag noch nicht beendet. Nachts versuchten die Burschen erneut, Landstreicher zu schlagen und auszuplündern. Janek lauerte ihnen auf und griff sie an.

Doch dieser Gegenangriff brach die Kräfte der Aufrührer nicht. Sie kletterten weiter, schnappten nach Bündeln und Ranzen.

Janek lauerte ihnen erneut auf, schlug ihnen ins Gesicht und stieß sie den Hügel hinunter.

Und so ging es fast die ganze Nacht. Der Lärm der Panzerketten kam immer näher. Janek sagte durch sein Sprachrohr: «Wir müssen uns in Geduld üben. Die rettende Armee ist unterwegs.»

Doch dann, wie um sie zu peinigen, verstummten auf einmal die Motoren.

«Wo sind unsere Retter? Warum kommen sie nicht?», rief jemand aus der Menge.

«Sie haben einen langen Weg hinter sich, sie müssen sich erst ausruhen», erklärte Janek.

Janek machte kein Auge zu in jener Nacht. Er half dabei, den Durstigen Wasser zu bringen, und bat diejenigen, die Brot hatten, den Hungrigen etwas abzugeben.

Die Leute gehorchten ihm. Sie fragten ihn um Rat und verhehlten nicht ihre Angst vor dem Morgen. Janek sprach zu ihnen: «Ihr müsst euch mit jedem spitzen Gegenstand bewaffnen, den ihr finden könnt. Bloß keine Angst haben. Angst schwächt. Der Böse wittert die Angst und wird noch böser.»

Es gab Leute, die weinten und sterben wollten. Janek ergriff ihre Hand, packte sie an der Schulter und sagte: «Wir müssen stark sein in dieser Stunde. Die Rote Armee ist in unserer Nähe. Sie wissen, wie man mit solchen Raufbolden umgeht. Sie haben Panzer und Kanonen.»

Einer der Krüppel, ein Mann mit amputiertem Bein, sagte: «All die Jahre habe ich gebetet, das Kloster zu besuchen und unsere Mutter um Heilung zu bitten. Vermutlich komme ich niemals dort an.»

«Verzweiflung ist tödlich», sagte Janek, «dein Vater und deine Mutter warten darauf, dich wiederzusehen.»

«Sie glauben, dass ich bei der großen Bombardierung getötet wurde», redete der Krüppel mit schwacher Stimme.

«Denke an sie, denke an ihre Freude, wenn sie sehen, dass du am Leben bist.»

40

Unterdessen regnete es in dicken Tropfen. Sie waren dem Unwetter ohne Schutz ausgesetzt. Janek zog los, einen Unterschlupf zu finden. Eine ganze Weile suchte er und fand schließlich eine halb überdachte Ruine. Großvater Sergei pries seine Schnelligkeit: «Selbst meine Soldaten hätten das nicht besser gemacht als du.»

Es war eine offene Ruine, ohne Fenster und Tür, glücklicherweise war der Ofen noch intakt. Janek säumte nicht und machte sich auf, Zweige zu sammeln, und als er zurückkam, entzündete er sogleich das Feuer. Erst jetzt sahen sie, wie beschädigt die Ruine war, der Ofen aber verbreitete eine angenehme Wärme. Janek ruhte nicht. Er machte sich erneut auf, sorgte für Nachschub an Zweigen.

Doch schließlich brach er auf dem Haufen Zweige zusammen, zitterte vor Schüttelfrost. Großvater Sergei rief: «Janek, was ist passiert?» Er kniete sich neben ihn, fühlte die

Temperatur an der Stirn, prüfte den Puls. Der Schüttelfrost zerrte weiter an ihm.

Vergeblich versuchte Großvater Sergei, Janek ein Löffelchen Tee einzuflößen. «Trink, mein Lieber, das wird dir guttun.» Am Ende hüllte er ihn in seinen Militärmantel, flehte erneut inständig, er möge seinen Mund öffnen und ein Löffelchen voll schlucken.

Da fiel ihm ein, dass Janek Aspirin im Ranzen hatte. Er tastete nach der kleinen Blechschachtel, nahm eine Tablette heraus und hielt sie ihm an den Mund.

Der Ofen verströmte Wärme. Großvater Sergei rührte sich nicht von der Stelle, hielt Janeks Hand und flüsterte ihm zu: «Der Krieg ist zu Ende. Bald kehrst du nach Hause, zu deinen Eltern zurück. Sie warten gewiss auf dich. Trink, bitte, das wird dich stärken.»

Janek reagierte nicht. Dann und wann entfuhr ihm ein Wort oder ein abgerissener Satz. Großvater Sergei versuchte nicht, ihn aufzuwecken. Er wusste, dass Janek diesen Schlaf brauchte, auch wenn ihn nichts als schlechte Träume heimsuchten.

Er schlief ungewöhnlich lange. Großvater süßte den Tee mit ein wenig Zucker. Janek leckte sich über die Lippen. Großvater redete ihm weiter zu. «Lass dir keine Angst einjagen. Manchmal schleichen sich Monster in unsere Träume, habe keine Angst. Großvater Sergei behütet dich.»

Großvater Sergei wacht über seinen Schlaf, gibt ihm zu trinken, trocknet seine Kleider. Gelegentlich fragt er ihn, wie es ihm geht, wiederholt: «Der Krieg ist zu Ende. Deine Eltern warten auf dich.»

So ging es vier Tage lang. Janek wachte nicht auf, also beschloss Großvater Sergei, mit klarer Stimme zu ihm zu sprechen: «Vier Tage schon liegst du in tiefem Schlaf. Ich weiß nicht, was mit dir vorgeht. Bitte, mein Lieber, komm heraus aus der Dunkelheit. Du weißt, wie eingeschränkt ich körperlich bin, ohne dich bin ich machtlos. Beide werden wir verenden in dieser offenen kalten Ruine.»

Erst am nächsten Morgen schlug Janek die Augen auf und fragte: «Wo bin ich?»

«Du bist hier bei mir», antwortete Großvater Sergei eilig.

«Ich habe wohl geschlafen», meinte Janek, ohne zu wissen, was er sagte.

«Oh ja, du hast viel geschlafen. Vier ganze Tage lang. Ich habe zu dir geredet. Ich wollte wissen, was mit dir los ist, aber du hast nicht geantwortet. Du hast ganz ruhig geschlafen, auch das hat mir Sorgen gemacht.»

«Verzeihung, Großvater.»

«Du konntest ja nichts dafür, der Schlaf hat dich übermannt. Wie fühlst du dich jetzt? Ich mache dir gleich eine Tasse Tee. Du bist durstig, mein Lieber. Wo bist du gewesen im Schlaf?»

«Ich habe geschlafen», sagte Janek, und ihm war anzumerken, dass er noch nicht wieder ganz wach war.

«Du hast tief geschlafen.»

Großvater Sergei hatte die Worte kaum ausgesprochen, da sank Janek erneut in den Schlaf. Vergeblich versuchte Großvater Sergei, ihn wach zu halten, doch dieses Mal dauerte der Schlaf nicht lange, ein paar Stunden nur.

Dann wachte Janek auf, stellte sich auf die Beine und fragte: «Soll ich Maisgrütze kochen?»

«Nicht nötig, du musst ruhen.»

«Mir geht's gut.»

Nachdem sie ihre Grütze gegessen hatten, sagte Janek: «Ich gehe ein paar Zweige holen.»

«Ich lass dich nicht allein gehen. Ich gehe mit dir.»

Janek sammelte Zweige, und gemeinsam brachten sie den Nachschub in die Ruine.

«Was ist mit mir passiert?», fragte Janek.

«Das viele Laufen und die schwere Nässe haben dich erschöpft. Wir ziehen heute nicht weiter. Ich nehme an, deine Eltern kehren in Kürze heim, und wir werden ihnen helfen, das Haus herzurichten. Ruh dich aus, mein Lieber, schäme dich nicht dafür. Die letzten Tage hast du gekämpft wie ein Löwe.»

41

In den kommenden Tagen war es still. Der Krieg zog sich allmählich zurück. Zwar fielen noch hin und wieder Schüsse, doch in der Ruine fühlten sie sich geschützt. Großvater Sergei ließ Janek nicht aus den Augen und erinnerte ihn gelegentlich an die Leute, die sie auf ihrem Weg getroffen hatten: die Bauern, die Untergebenen und die Kinder. «Begegnest du unterwegs einem Menschen, so ist das ein Zeichen, dass er dir gesandt wurde. Man muss seiner gedenken und sich fragen, was dieser Mensch dir mitgeben wollte.» Großvater Sergei spricht ausführlich über seinen Untergebenen Kyrill, der in seinem Leben viel gelitten hat. «Er war ein Held, in seinem letzten Krieg ist er über sich hinausgewachsen.»

Plötzlich sprach er Janek direkt an: «Vieles hast du auf unserer Reise gesehen. Viele Geschenke haben wir bekommen. Wir haben sie nicht immer gebührend wertzuschätzen gewusst. Wenn du nach Hause zu deinen Eltern zurückkehrst und all die Erfahrungen, die wir gemacht haben, hinter dir liegen, wirst du dich gewiss fragen: Was hat Großvater Sergei mir weitergeben?»

Janek war erschrocken und sagte: «Großvater Sergei, ich kenne jede deiner Bewegungen, jede leiseste Regung von dir. Erinnere mich an alles, was du mir morgens, mittags und abends gesagt hast. Sorge dich nicht, Großvater, ich bewahre deine Worte in meinem Herzen.»

«Verzeihung, ich hatte auch keinen Zweifel», sagte Großvater mit einem leichten Lachen.

Der Tagesablauf blieb gleich, doch Großvater Sergeis Gesicht veränderte sich. Er versank immer tiefer in Nachsinnen, erinnerte sich an seine Schwester, seine verstorbene Frau Dorka, seine Jugendliebe Tanja, seine Untergebenen, die ihn ein gutes Stück seines Lebenswegs begleitet hatten. Er bat Janek, sich an Kyrills großzügige Spende von einem Viertel Sack Maismehl zu erinnern, der sie viele Tage ernährt hatte, und wollte ihn besuchen. Es sei ein wichtiges Gebot, ihn zu besuchen. Er hatte seinen ganzen Besitz verloren, und gewiss mieden ihn die Leute jetzt. «Erzähl deinem Vater von ihm. Er wird dir bestimmt etwas Geld für ihn geben.»

«Großvater Sergei», Janek erschrak erneut, «du wirst bei mir sein, wir machen das zusammen.»

«Gewiss werde ich mit dir sein.»

Der Krieg rückte allmählich in die Ferne. Als Großvater Sergei aus dem Schlaf erwachte, sprach er: «Wir dürfen nicht säumen. Wir müssen zurück nach Hause.»

«Wann?», fragte Janek.

«Morgen», antwortete Großvater Sergei prompt.

Janek bat um Erlaubnis, Lebensmittel zu kaufen, und Großvater Sergei ließ ihn gehen. Janek zog sein noch frisches, unangetastetes Hemd aus dem Ranzen und sagte: «Es ist mir jetzt zu eng. Es passt mir nicht mehr.»

«Behalte das. Nimm ein Kleidungsstück von mir. Deine Mutter wird entscheiden, was damit zu tun ist.»

«Bitte, Großvater, dieses Hemd ist mir zu eng. Alle Kleider sind mir zu eng.»

«Hier, nimm meinen Schal», bestimmte Großvater und zog ihn vom Hals.

Janek machte sich auf den Weg. Er war noch schwach, seine Füße trugen ihn kaum. Der Gedanke, dass er Großvaters Schal verkaufen sollte, quälte ihn, also kehrte er um.

«Ich kann deinen Schal nicht verkaufen.»

Großvater Sergei hörte es und reagierte sofort: «Alle Kleider verschleißen irgendwann.»

«Ich liebe deinen Schal», sagte Janek und musste weinen.

«Ich hatte vor», sagte Großvater Sergei mit weicher Stimme, «dich mit allen Kleidern und Wertsachen, die dein Vater uns überlassen hat, nach Hause zurückzubringen.»

Janek murmelte unaufhörlich weinend vor sich hin: «Nicht den Schal, nicht den Schal.»

«Weinen ziemt sich nicht für einen Soldaten», kehrte Großvater Sergei zum Befehlston zurück.

Nachdem er sich gefasst hatte, wollte Janek Pilze sammeln gehen. Großvater erlaubte es ihm. Eine ganze Weile suchte er und fand schließlich einen Strauß Pilze, den er sofort pflückte und in seinen Hut legte.

Ohne sich länger aufzuhalten, kehrte er zur Ruine zurück und erzählte Großvater Sergei von der Beute.

Das Mittagessen bestand aus Maisgrütze, Pilzen und Waldfrüchten. Großvater Sergei war zufrieden und wiederholte das bekannte Sprichwort: «Wer ist reich? Wer sich freut an dem, was er hat.»

Dann stellte er sich im Geiste das Gesicht seiner verstorbenen Frau Dorka vor, sprach über ihre Schönheit, ihre Sittsamkeit und ihre Fähigkeit, anderen Menschen zuzuhören. «Frauen und Verwandte kamen, um mit ihr zu sprechen. Nach dem Gespräch umarmten und küssten sie Dorka. Ich war ihrer nicht würdig.»

42

Während Großvater weiter aus seinem Leben erzählte, schlief Janek ein.

In seinem Traum sitzen er und Großvater Sergei in einer Kutsche auf dem Weg nach Hause. Erst jetzt begriff er, was er durchgemacht hatte, seit sein Vater ihn in Großvater Sergeis Hände gegeben hatte. Die weiten Felder, das Rasten im Schatten eines Baumes, dessen Geäst sie beschirmte, der Geschmack kühlen Wassers, das er aus den dunklen Brunnen heraufgezogen hatte, die Bäche, in denen sie gebadet und ihre Kleider gewaschen hatten, der Gang ins Dorf und die Freude, wenn sie endlich den Baum am Eingang des Dorfes erreicht hatten.

Noch in diese Bilder versunken, hielt der Kutscher an und sagte: «Der Regen lässt nicht nach. Der Weg ist voller Schlaglöcher. Die Pferde sind erschöpft. Die Kutsche macht diese Schaukelei nicht mit. Steigen Sie aus, ich kehre um.»

«Mitten auf dem Feld, im starken Regen sollen wir aussteigen? Haben Sie denn kein Erbarmen?», sagte Janek mit beherrschter Stimme.

«Nein», gab dieser in einem Wort zurück.

«Mehr als ein Drittel des Weges haben Sie bereits zurückgelegt. In anderthalb Stunden sind wir in der Stadt. Warum bringen Sie das Werk nicht zu Ende, dann bekommen Sie auch wie versprochen die Armbanduhr.»

«Das kümmert mich nicht. Ich kehre heim», sagte der Kutscher trocken.

«Gott hat Sie beauftragt, eine gute Tat zu tun, und das obendrein noch mit Bezahlung. Sie haben gut begonnen – jetzt bringen Sie es auch gut zu Ende», beschwor Janek ihn leise.

«Steigt sofort aus, oder ich werfe euch raus.»

Janek sprang sogleich aus der Kutsche, redete mit energischer Stimme: «Die Tage der Tyrannei und der Gesetzlosigkeit sind vorüber. Bring uns sofort in die Stadt.» Und um zu zeigen, wie ernst ihm seine Worte waren, zog er die Pistole aus dem Gürtel und schoss einmal in die Luft. Dann stieg er wieder auf die Kutsche und sagte: «Jetzt fahr und hör auf, dich zu beschweren oder zu drohen.»

Der Kutscher hob, ohne einen Laut von sich zu geben, die Peitsche und ließ sie auf die Pferde niedersausen. Den ganzen Weg bis zur Stadt steckte Janek die Pistole nicht wieder in den Gürtel.

Viele Gedanken schwirrten durch seinen Kopf, ohne dass er Klarheit gewann. Als sie die Stadt erreichten, führte Janek den Kutscher zu seinem Haus. Es war gegen Morgen, die Fenster der Häuser waren erleuchtet. Nicht so in Janeks Haus.

«Obwohl Sie uns herzlos hierhergefahren und vergessen haben, dass es einen Gott in der Welt gibt, bekommen Sie die Uhr, die ich Ihnen versprochen habe.»

Als der Mann Janeks Worte vernahm, stieg er vom Kutschbock und sagte: «Sieh, zwei Räder sind gebrochen, zum Glück habe ich Ersatzräder dabei. Ich habe nicht vergessen, dass es einen Gott gibt, ich hatte bloß Mitleid mit der Kutsche.»

«Warum hatten Sie kein Mitleid mit uns?»

«Ich hatte Mitleid, aber keine andere Wahl.»

«Die Kutsche war Ihnen wichtiger als zwei Menschen ohne Obdach, die Wind und Wetter ausgesetzt sind?»

«Warum diskutieren? Was vorbei ist, ist vorbei.»

«Und Sie bereuen es nicht?»

«Wenn du darauf bestehst, dann bereue ich.»

«Gut», sagte Janek, reichte ihm die Uhr und erwachte.

43

Während der Krieg sich immer weiter entfernte – die Landstreicher waren ins Kloster geflohen, kein Zeichen am Himmel verkündete Unheil –, traf ein Irrläufer Großvater Sergei in die Stirn. Es war ein nahezu lautloser Schuss; ohne die Erschütterung, die seinen Oberkörper leicht zur Seite drückte, wäre sein Tod unbemerkt geblieben.

Wenig Blut rann Großvater Sergeis Stirn hinunter. Seine Haltung verriet keinen Schmerz.

Janek fiel auf die Knie, und die Worte «Großvater Sergei» entwichen seinem Mund, als wollte er sagen: Was ist los mit dir?

Absolute Stille herrschte weit und breit. Hier und da war ein Pferd, eine Kuh oder ein Kälbchen zu hören. «Großvater Sergei», rief Janek wieder, dieses Mal mit erstickter Stimme, er betrachtete sein zur Seite gekipptes Gesicht, wunderte sich, dass er keine Antwort gab. Großvater Sergei antwortete nicht immer auf seine Fragen; in sich versunken, verschob er seine Antworten oftmals auf später, auch jetzt befand er sich offenbar wieder in einer dieser Phasen des antwortlosen Schweigens.

Großvater Sergei rührte sich nicht. Die Besonnenheit, die seine Tage regiert hatte, schien seine Augen geschlossen zu haben, und für einen Moment meinte Janek, dass nicht der Tod Großvater Sergei der letzten Ruhe übergeben hatte, sondern ebenjene wundersame Besonnenheit, die immer dann von ihm Besitz ergriff, wenn er in Nachsinnen versank.

Wo sind die Raufbolde? Wo sind die Landstreicher? Wo sind sie? Janek war wieder hellwach, und er erinnerte sich sofort: Die Landstreicher hatten sich mit großer Anstrengung durch das Eisentor ins Innere des Klosters gedrängt. Großvater Sergei und Janek hatten sie begleitet, waren aber selbst nicht hineingegangen.

Aus Gewohnheit entzündete Janek ein Lagerfeuer und setzte den Wasserkessel auf die Glut. In der vollen Flamme hatte er wieder das Bild vor Augen, wie sie gemeinsam am Feuer sitzen. An den meisten Tagen hatte das Lagerfeuer sie beschützt. Der Gedanke, dass Großvater Sergei nicht mehr lebte, tauchte plötzlich aus den Tiefen seines Körpers auf, doch verschwand sogleich wieder. Als einer der Verrückten des Ortes ihn überfiel und ihn einen «stinkenden Landstreicher» nannte, packte Janek den Mann und warf ihn zu Boden. Der schlug mit Armen und Beinen um sich. Beim Anblick des zappelnden Verrückten musste Janek daran denken, wie lautlos Großvater Sergeis Tod gewesen war, und er schickte den Wahnsinnigen ohne jede Wut fort.

Als er zum Lagerfeuer zurückkehrte, sah er Großvater Sergei in seiner versunkenen Haltung dasitzen. «Großvater Sergei», rief er laut. Er stützte seinen Kopf und legte ihn auf den Sack, auf dem er zu ruhen pflegte.

Danach schenkte er sich eine Tasse Tee ein. Das Teetrinken war Teil ihrer Unterhaltung, richtiger gesagt ihres Schweigens.

Einmal hatte Großvater ihm gesagt: «Ich schweige, weil ich nicht weiß, was ich sagen soll.»

Und einmal, als er in großer Begeisterung war, meinte er: «Ich schweige, weil sich meine Worte sonst überschlagen.»

Anfangs hatte Janek die meisten Worte und Begriffe, die Großvater Sergei verwandte, nicht verstanden, doch in den letzten Monaten war ihm manche Male der Sinn aufgegangen.

Unterdessen spürte er den Drang zu weinen, ein tiefes Weinen, das aus seinem Inneren hervorbrach. Großvater Sergei hatte verboten zu weinen. Er pflegte zu sagen: «Weinen bedeutet Schwäche. Echte Landstreicher erlauben sich eine solche Erniedrigung nicht.»

Auf einmal wehte eine kühle Brise, Janek beeilte sich, Großvater in den Militärmantel zu hüllen.

«Großvater, schläfst du? Einst sagtest du mir, dass unser Schlaf nachts mit dem großen Weltschlaf verbunden sei, der uns glanzvolle Bilder und Worte der Wahrheit bringt. ‹Was hast du zu verkaufen?›, wandten sich die Bauern gelegentlich an dich. ‹Ich habe euch nichts zu verkaufen, ich besitze nichts›, antwortetest du. Sie lächelten dich an, als ob du sie hättest reinlegen wollen. Sie dachten töricht über dich. Sie konnten es sich einfach nicht vorstellen, dass du auf Wanderschaft bist, um Gott nahe zu sein. ‹Was hast du für Schätze?›, fragten sie immer wieder. ‹Wir bezahlen dich mit einer Kutsche und Pferden. Du kannst umherwandern nach deiner Seele Begehr.› Vergebens erklärtest du: ‹Ich habe keinen einzigen Taler und brauche auch keinen.› Misstrauisch, wie sie waren, überfielen sie uns nachts.»

Unterdessen musste Janek der Realität ins Gesicht sehen. Ein greiser Bauer näherte sich ihnen, und als er Großvater Sergei reglos daliegen sah, fragte er: «Wer ist der Mann, der dort auf der Erde liegt?»

«Das ist mein Großvater, Großvater Sergei», antwortete Janek.

«Wann ist er von uns gegangen?»

«Vor ein, zwei Stunden. Eine Kugel ist in seine Stirn eingedrungen.»

«Und wo wirst du ihn begraben?»

«Ich bringe ihn in sein Heimatdorf, nach Iwanow, damit er bei seinen Vätern bestattet werde.»

«So gehört es sich. Wann machst du dich auf den Weg?», fragte der Bauer weiter.

«Bald. Damit Sie richtig verstehen, mein Herr, mein Großvater war Kommandant einer Rettungseinheit, einer der am meisten gepriesenen Einheiten. Jeder, der in seiner Einheit gedient hatte, verehrte ihn, auch nach Beendigung seines Dienstes noch.»

«Ich bin sicher, dass man ihn im Himmel mit Freuden empfängt, und du bist auf immer gesegnet in dieser Welt.»

Der alte Mann, der wie ein barmherziger Greis aussah, nahm den Nebelschleier von Janeks Augen und zeigte ihm, was er zu tun hatte in dieser Stunde.

44

Während er sich noch sorgte, was und wie er es tun sollte, entdeckte er eine umgefallene Kutsche, mit der die Bauern Kartoffeln und Melonen vom Feld transportierten.

Die Landstreicher hatten sie vor lauter Hast so liegen lassen.

Ohne zu zaudern, ging er zu der Kutsche, stellte sie auf ihre beiden Räder, packte die Deichsel und brachte sie zum Baum.

Als er die Deichsel auf der Erde absetzte, war er erschrocken. Sieh an, dieses Gefährt würde jetzt dem Tod assistieren.

Eine ganze Weile stand er untätig da. Großvater Sergeis Gesicht war ruhig. Keinerlei Schmerz war darin abzulesen. Die Öffnung in der Stirn, wo die Kugel eingedrungen war, hatte sich etwas geweitet, die Stelle drum herum war gerötet.

Was soll ich tun?, fragte er sich, so als stünde er vor einer unmöglichen Aufgabe. Doch als er so dastand und grübelte, kam ihm schließlich ein nützlicher Gedanke: Zuerst würde er die Leiche auf die Kutsche heben. An den Seiten und zu Großvaters Füßen würde er die Kleider und Gegenstände verstauen. Zugleich wurde ihm klar, dass er Großvater Sergei, wenn er ihm die Ehre erweisen wollte, nicht allein würde hochheben können.

Er stand noch reglos da, als er zwei Bauern auf sich zukommen sah.

«Liebe Freunde», sprach er sie an, «ich brauche dringend Hilfe. Mein Großvater, Großvater Sergei, wurde vor einigen Stunden von einem Irrgänger getroffen, und es ist mein Wunsch, ihn zum Grab seiner Väter zu bringen. Mein Großvater ist ein ehrenvoller Mann, ein von den Leuten gepriesener, geliebter Kommandant.»

«Wobei können wir dir helfen?», fragte der eine Bauer.

«Die Leiche würdevoll auf die Kutsche zu heben.»

«Machen wir», sagten die Bauern gleichzeitig.

Einen Moment standen sie still vor der Leiche und bekreuzigten sich. Janek breitete eine Decke auf dem Kutschenboden aus und legte einen zusammengefalteten Sack für Großvater Sergeis Haupt zurecht. Nachdem die Bauern kurz innegehalten hatten, begutachteten sie die Leiche, schätzten ihr Gewicht ab – und hoben Großvater Sergei hoch, während Janek ihnen half, ihn ganz langsam auf die Kutsche zu legen.

«Ich danke euch von ganzem Herzen, Freunde. Mit dieser Tat verdient ihr euch Anerkennung im Himmel», sagte Janek.

«Wie heißt der Verstorbene?», fragte einer der Bauern.

«Sergei Iwanowitsch», antwortete Janek.

«Das ist der berühmte Oberleutnant Sergei Iwanowitsch?» Der Mann war bestürzt.

«So ist es. Und von wo stammt ihr?», fragte Janek und fühlte sich plötzlich aufgewühlt.

«Wir sind in derselben Gegend aufgewachsen.»

«In Iwanow?»

«Ja, in Iwanow.»

«Was für eine Kindheit, was für eine Jugend, was für ein Leben. Nur Sergei wusste seine Arm- und Beinmuskeln und seine Größe richtig einzusetzen. Auch wir waren groß, schlank und flink, doch nicht so wie er. Schon in den ersten Jahren im Militär fiel Sergei auf. Schon damals bewunderten ihn seine Befehlshaber. Schade, dass er nicht das Gymnasium besucht hat. Ansonsten wäre er einer der größten Generäle geworden. Und jetzt liegt er hingestreckt auf dieser jämmerlichen Kutsche. So ist das Leben. Man bläut uns ein, dass wir uns nicht beklagen dürfen. Also beklagen wir uns auch nicht. Fahr du zu, mein Lieber, sorge dafür, dass unser verehrter Sergei Iwanowitsch seine letzte

Ruhe findet. Decke sein Gesicht nicht ab. Ein Mann wie er verdient es, dass man ihn mit unverhülltem Gesicht zu Grabe trägt.»

Nachdem sie sich entfernt hatten, hob Janek die Ranzen und Bündel auf. Als alles zusammengepackt war, stiegen ihm Tränen in die Augen, und er setzte sich nieder und weinte. Großvater Sergei, wo bist du hingegangen? Wie kann ich dich finden? Was tun wir ohne dich in dieser Welt? Schwere Gedanken wälzten sich durch seinen Kopf, und es gelang ihm nicht, ihnen Einhalt zu gebieten. Tief im Herzen wusste Janek, dass Großvater Sergei Fragen, auf die es keine Antwort gibt, nicht mochte. Er versprach sich, dass er dies eines Tages wiedergutmachen und nicht mehr fragen würde.

Ohne länger zu warten, packte er die Deichsel und zog los.

Die Kutsche war schwer, Janek schleppte sie nur mit Mühe vorwärts.

Eine ganze Einheit war Großvater Sergei damals nachgefolgt. Ein Befehlshaber muss vorne an der Spitze gehen. Doch nicht allein in der Armee ging er diesen Weg. Nicht umsonst hatte man ihm den Blauen Kaiserlichen Orden und viele andere Orden verliehen. Doch er rühmte sich dieser Ehrenzeichen nicht. Immer wieder sagte er: «Ein Soldat ist auch nur aus Fleisch und Blut, in der Armee lernt er Dienstbereitschaft und Disziplin, damit er, wenn der Tag kommt, Gott dienen kann.»

Während Janek noch die Kutsche hinter sich herzog, hörte er eine Stimme: «Janek, ich habe dich, deinen Vater und deinen Großvater nicht verlassen. Wir waren in dieser Welt miteinander verbunden und werden es auch in der kommenden Welt sein. Sei nicht traurig. Der Weg zum

Unendlichen ist zwar lang, doch dies ist der Anfang des Weges.»

Janek hörte Großvater Sergeis Stimme, hielt an und sagte: «Großvater Sergei, sprich, dein Enkel hört dich.»

Doch als Janek stehen geblieben war, verstummte Großvater Sergei, wie er es auch sonst immer wieder getan hatte, und Janek wusste tief im Herzen, dass Großvater Sergei an diesem Abend nicht wieder zu ihm sprechen würde.

45

Janek zog die Kutsche weiter hinter sich her, als ein kühler Regen zu fallen begann. Großvater Sergeis Gesicht hatte sich nicht verändert, es war nur fahl geworden, wie immer dann, wenn er in sich versunken war.

Janek war durstig und schickte sich an, ein Lagerfeuer zu entzünden. Er meinte, dass der Geruch des Lagerfeuers Großvater zum Reden bringen würde. Eine ganze Weile wartete er, dass er wieder zu ihm sprechen würde, doch es drang kein Laut aus seinem Mund.

Janek schenkte sich eine Tasse Tee ein. Er zog ein Stück Brot aus dem Ranzen, tunkte es in den heißen Tee, und der gute Geschmack all der Speisen, die er auf der Wanderschaft gegessen hatte, kehrte zu ihm zurück und erfreute seinen Gaumen.

«Großvater», wandte er sich an Großvater Sergei, ohne den Kopf zu heben, «werden wir uns jetzt nicht mehr am Lagerfeuer sehen? Wirst du mir nicht mehr von deinem anderen Leben berichten? Wirst du mir nicht mehr von meinem Vater, meiner Mutter und von meinem Großvater erzählen? Wenn man dich in deinem Dorf nicht empfangen will, dann nehme ich dich mit, und du wirst mit mir sein, bis du wiederauferstehst.»

Lange Zeit wartete er auf Antwort. Als keine Antwort kam, ließ er den Kopf auf die Erde sinken und schlief ein.

Am Ende der Nachtwache schrak Janek aus dem Schlaf, überrascht, dass ein großer, magerer Landstreicher neben ihm stand und fragte: «Wer bist du?»

«Ich bin der Enkel von Großvater Sergei.»

«Wo ist der?»

«Gestern Abend traf ihn ein Schuss in die Stirn. Ich bringe ihn mit dieser Kutsche in sein Heimatdorf, damit er dort bei seinen Vätern bestattet werde.»

«War er ein Landstreicher?»

«Aus ganzem Herzen und tiefster Seele ein Landstreicher. Alle Tage seines Lebens bat er darum, geläutert zu werden. Seinen wenigen Besitz spendete er aus freiem Willen den Armen.»

«Möge Gott im Himmel ihn behüten», sprach der Landstreicher seine Segensworte und wandte sich zum Gehen.

«Warum verlässt du mich?» Janek brachte vor Weinen kaum ein Wort heraus.

«Ich übergebe mich meinem Schicksal.»

«Warum verweilst du nicht einen Augenblick?»

«Mein Lieber, ich würde mich gern ein wenig neben dich setzen, doch muss ich bald weiterziehen. Mein Vater ist sehr krank, viele Jahre habe ich ihn nicht besucht. Dies sind die letzten Tage, an denen ich ihn noch einmal sehen kann. Jeder Mensch hat sein Päckchen Schuld zu tragen, und dies ist meines in dieser Stunde.»

Janek wich nicht von seinem Platz. Der Mann und seine Standhaftigkeit, seine knappe Ausdrucksweise und das Lebewohl erstaunten ihn. Eine Mission zu haben, ist schwer, sagte Janek sich.

Dann rappelte er sich auf, verstaute alle Sachen auf der Kutsche, packte die Deichsel und zog weiter.

Der Himmel war hell, sein Kopf frei von Gedanken. Er war fest vor die Kutsche gespannt und zog sie in gleichförmigem Rhythmus.

Da stand auf einmal ein Schild neben ihm: «Iwanow – zwanzig Kilometer». Auf ihrer ganzen Wanderschaft hatten sie nie auf Schilder geachtet. Und nun plötzlich dieses klare Schild: «Iwanow». Großvater Sergei hatte den Namen seines Heimatdorfes nicht oft in den Mund genommen, doch jedes Mal, wenn er ihn ausgesprochen hatte, hatte seine Stimme gebebt. Dieses Beben hörte Janek jetzt.

Er hob seine Augen: Kilometerlang erstreckte sich das Dorf in seiner grünen Pracht: Das war Großvater Sergeis Welt. Hier kannte er jeden Flecken und jeden Hain. Als Kind war er durch die Felder gelaufen, hatte seinen Eltern beim Obstpflücken in den Plantagen geholfen, hatte früh am Morgen die Schule besucht, nachmittags seine Hausaufgaben gemacht und war anschließend mit Tanja, seiner Geliebten, im Bach geschwommen.

Auf seiner ganzen Wanderschaft mit Janek hatte er immer wieder bedauert, nach dem Militärdienst nicht in sein Heimatdorf zurückgekehrt zu sein, hatte es bereut, nicht Wort gehalten, seinen greisen Vater nicht besucht und sich nicht um seine Schwester gekümmert zu haben, als diese krank wurde. Durch diesen Kummer beschnitt er seine Seele, und anstatt sich mit vielen Menschen zu verbinden, beschränkte er seine Welt nur noch mehr.

Großvater Sergeis Mutter pflegte wiederholt zu sagen: «Sergei hat eine große Seele, aber er beschneidet sie. Es kommt der Tag, da wird er aus seinem eingebildeten Schlaf erwachen und zu dem werden, der er sein soll.»

46

«Noch zwanzig Kilometer bis Iwanow. Wenn ich mich anstrenge, bin ich morgen im Dorf», sagte Janek zu sich.

Großvater Sergei hatte immer gesagt: «Jeder Mensch sollte irgendwann in sein Dorf zurückkehren, zu Vater und Mutter, dass sie beieinander versammelt sind.» Doch zu Lebzeiten hatte er es nicht geschafft, dorthin zurückzukehren. Wie sich herausstellte, war er einige Male ganz in der Nähe gewesen, doch hatte er es nicht gewagt, das Dorf zu betreten.

Einige Monate zuvor, nachdem sie ein Morgenfeuer gemacht hatten, verriet Großvater Sergei Janek, dass er vorhabe, in sein Heimatdorf zurückzukehren. Janek war bestürzt und fragte, ob das Dorf weit entfernt sei.

«Nein», antwortete Großvater in einem Wort.

«Darf ich mit dir kommen?»

«Darfst du.»

«Störe ich dich nicht?»

«Nein.»

Seit jenem Gespräch hatte Großvater Sergei sein Heimatdorf nicht wieder erwähnt. Manchmal schien es Janek, als hätte Großvater den Schlüssel zu seinen Liebsten und zu seinen Vätern verloren und wartete auf ein Wunder, dass man ihn ohne Schlüssel zu seinen Geliebten einließe.

Einen Augenblick erwog Janek, sich niederzusetzen, doch er begriff sofort, dass man zu dieser Stunde nicht rasten durfte. Großvater Sergeis Leiche musste den Dorfältesten übergeben werden, damit diese ihn auf die höhere Welt vorbereiteten.

Er wollte eben die Deichsel packen, als er einen Menschen auf sich zukommen sah, offenbar ein Soldat, doch ohne Uniform und Waffe.

«Was machst du hier?», sprach er Janek freundlich an.

«Ich gehe meinen Großvater, Großvater Sergei, beerdigen», antwortete Janek.

«Wo sind dein Vater und deine Mutter?»

«Im Krieg.»

«Bist du Jude?», fragte der Fremde.

Janek hielt den Atem an und sagte schließlich: «Nein.»

«Hab keine Angst, der Krieg ist zu Ende.»

«Ich habe keine Angst, Großvater Sergei hat mich gelehrt, keine Angst zu haben.»

«Ich wollte dir sagen, dass der Krieg zu Ende ist. Du kannst wieder nach Hause zurück. Was verbindet dich mit diesem Menschen auf der Kutsche?»

«Ich will ihn behüten und zu seinem Dorf begleiten.»

«Ich verstehe dich. Mach, was dein Herz dir zu tun befiehlt. Nur dass du keine Angst hast heimzukehren.»

«Ich habe keine Angst, doch jetzt ist mir diese Pflicht auferlegt.»

Der Mensch verschwand, Janek spannte sich vor die Kutsche und brach auf. Anfangs trug er schwer an dieser Last. Er hatte das Gefühl, als widersetzte sich Großvater Sergei dagegen, von ihm getragen zu werden.

«Großvater Sergei», sprach Janek zu ihm. «Mache ich etwas, was dir missfällt?»

Großvater Sergei antwortete nicht. Sein Gesicht wirkte immer versiegelter.

Noch während er die Kutsche weiter vorwärts zog, spürte Janek, dass ihm das Joch leichter wurde.

«Großvater Sergei, ich will mich mit dir unterhalten. Auf unserer Wanderschaft hatten wir eine besondere Sprache. Nur mit dir habe ich in dieser Sprache geredet. Nur du hast mich verstanden, und ich habe dich verstanden. Es ist wahr, wir haben wenig geredet, aber nie hatte ich das Gefühl, dass es ein Verstummen oder eine Leere gibt. In den langen Sommernächten hast du mich manchmal gefragt, welche Farben der Himmel hat, wie die Bäume, Häuser und Bewohner aussehen. Du hast dich über das leere Geschwätz der Menschen gewundert. Pflegtest zu sagen: ‹Ich bete, dass ich das, was du mir erzählst und beschreibst, immer mit mir trage.›»

Ohne es zu merken, war Janek müde geworden. Er zog die Kutsche unter einen Baum und entschied sogleich, ein Lagerfeuer herzurichten.

Wenn er doch nur auf einen Laden oder Stand mit Lebensmitteln stoßen würde, dann könnte er einen Schal oder ein Hemd gegen Brot und ein Stück Käse, Obst und Gemüse eintauschen.

«Vor etwa einem Monat fragtest du mich, ob ich mich noch erinnere, dass ich Jude bin. Ich wusste nicht, was ich antworten sollte, und sagte schließlich: ‹Kaum.› ‹Wie kann das sein?›, wolltest du wissen. Mein Vater hatte mich gebeten, kurz bevor wir das Haus verließen und uns zu dir aufmachten, zu vergessen, dass ich Jude bin. Die nachdrückliche Art, mit der er redete, war neu, ich hatte nie zuvor solche Worte aus seinem Mund gehört. Ich verstand nicht, was er damit beabsichtigte. Schließlich sagte er: ‹Du musst von Großvater Sergei lernen. Er ist Befehlshaber und ein wunderbarer Lehrer. Er wird dich lehren, ein Mensch vom Dorf und, ebenso wichtig, Soldat zu sein. Großvater Sergei war ein bedeutender Kommandant. Er weiß, wie man im Einklang mit der Natur und wie man im Militär lebt.› ‹Und was passiert mit mir?›, fragte ich. ‹Du wirst dich verändern.› ‹Ich will mich aber nicht verändern›, erwiderte ich und brach in Tränen aus. ‹Mein Lieber, du musst dich verändern. Mit Großvater Sergei wird es dir leichtfallen.› ‹Papa, ich will mich nicht verändern›, gab ich stur zurück. ‹Wenn du dich nicht veränderst, wirst du sehr leiden müssen.› Dies waren die letzten Worte, die mein Vater an mich gerichtet hatte. Derart erschreckt hatte er mich, dass ich in der Nacht träumte, du, Großvater Sergei, hättest mir in seinem Wunsch, mich zu verändern, mein Ohr, wie es geschrieben steht, mit einem Pfriem durchbohrt. Lange hatte ich nicht mehr an den Abschied von meinem Vater gedacht.»

47

Der Abend senkte sich herab, und Janek ging langsamer. Er hörte und sah die Bauern vom Feld heimkehren, die Kutschen mit weißem und rotem Kohl beladen. Janek liebte diese abendliche Sehnsuchtsstimmung.

Plötzlich zerriss der Gesang einiger Betrunkener diese Schönheit. An der Spitze der Männer ging ein großer Bauer, sang verschiedene Melodien durcheinander. Die einzelnen Melodien verloren sich, und am Ende blieb ein Marsch übrig. Genauer noch die Brocken eines Marschs, und das klang so:

Die Juden sind weg,
Die Juden sind Dreck,
Rausgekratzt auch aus dem letzten Versteck.

Anfangs grölten seine betrunkenen Freunde ihm alles nach, doch ein kleiner Mann war unzufrieden mit diesem Marsch und fand andere Worte. Und das klang so:

Die Juden leben, die Juden leben,
In jedem Versteck ihre Herzen beben,
In jedem Saustall bleiben sie kleben,
Sie leben, sie leben.

Dem großen Mann gefiel der Marsch des kleinen nicht, er schrie ihm entgegen:

Sie sind weg, sie sind weg,
auch aus dem letzten Versteck.

Janek stand da. Er verstand diesen Wettstreit nicht. Er griff nach der Deichsel und machte sich auf den Weg. Erst als er sich etwas entfernt hatte, wurde ihm klar, dass er etwas Verbotenes getan hatte: Davonrennen ziemt sich nicht für einen ehemaligen Schüler von Großvater Sergei.

Janek erinnerte sich, wie Großvater Sergei mit aufdringlichen Betrunkenen, Verrückten, Hochmütigen gekämpft hatte, als wäre er kein Mensch, sondern ein Schatten. In Momenten der Gefahr war Großvater ganz still. Vor Anspannung war er wie eingefroren, ohne das leiseste Zucken. Er umklammerte seinen Gegner im richtigen Augenblick und warf ihn nieder.

Einmal überwältigte er einen riesigen Bauern. Der Riese

schrie ganz überrascht und bestürzt: «Wie hast du das gemacht, du Schändlicher? Rühr mich nie wieder an.»

Während er noch Großvater Sergei in ganz schweigsamer Anspannung vor sich sah, legte er die Deichsel auf der Erde ab, eilte zu dem kleinen Betrunkenen und rief mit einer Stimme, die nicht seine eigene war: «Warum freust du dich über das Unglück anderer?»

«Über das Unglück von Bösewichten und Söhnen des Satans darf man sich freuen», gab der Betrunkene zurück.

«Man muss jeden Menschen für sich beurteilen.»

«Satanssöhne gehören alle zusammen.»

«Menschen sind nach dem Bilde Gottes geschaffen.»

«Du bist verflucht», griff der kleine Betrunkene ihn an.

Die anderen Betrunkenen wollten hinzukommen, doch als sie sahen, wie wuterfüllt Janek war, begriffen sie, dass es besser war, sich zurückzuziehen. Der kleine Bauer hörte nicht auf, ihn zu provozieren. Janek reagierte nicht darauf, sagte bloß voller Verachtung: «Halt deinen Mund.»

Immer wieder kam einer von den Betrunkenen auf Janek zu und drohte, ihn zu schlagen, doch das war nur leeres Gerede. Sie konnten sich kaum auf ihren wankenden Beinen halten, und je mehr sie schrien und höhnten, umso schwächer wurden sie. Schließlich sanken sie zu Boden und schliefen ein.

Janek inspizierte sie von Nahem und ließ von ihnen ab. Als er zur Kutsche zurückkehrte, fühlte er sich Großvater Sergei sehr nah. Großvaters Gesicht hatte sich verändert. Der Tod hatte seine Zeichen hinterlassen: Er war fahl geworden, doch in seinen Augen spiegelte sich noch immer seine ganze Herzensgüte.

Plötzlich empfand Janek ein Unbehagen darüber, dass er Großvater Sergei den Dorfältesten übergab. Nicht ohne

Grund war Großvater Sergei nicht in sein Heimatdorf zurückgekehrt. Hätte er es gewollt, dann hätte er es getan. Die Verwandten und Bewohner des Dorfes hegten einen Groll gegen ihn. Wer weiß, ob sie ihn überhaupt empfangen, ihm vergeben wollten.

Er schleppte die Kutsche unter den Baum und setzte sich nieder. Er saß noch nicht ganz, da hörte er Großvater Sergeis Stimme: «Zögere nicht, mein Lieber, bring mich in mein Heimatdorf. Sprich mit dem Priester. Er ist ein anständiger Mann. Er wird mich mühelos erkennen, wird meinen Körper herrichten und mich zu meinen Vätern zurückbringen. Man darf die Beerdigung nicht zu lange aufschieben. Der Tote muss zum Staub zurückkehren. Warte nicht länger, iss und trink etwas und dann mach dich langsam, aber ohne zu zögern auf den Weg ins Dorf.»

48

Von da an war der Weg leicht. Die Sonne leuchtete zwischen den Wolken hervor, und Janek zog die Kutsche ohne Mühe. Sein Gefühl sagte ihm, dass er das Dorf bald erreicht haben würde. Er dachte daran, dass Großvater Sergeis Seele schon vor einiger Zeit in den Himmel aufgestiegen war und man den Körper jetzt dem Staub, von dem er genommen, zurückgeben musste.

Abends hatte Großvater Sergei gelegentlich vergessen, dass er blind war. Er hatte seine Augen geöffnet, seinen Körper vom Wind streifen lassen. Er sagte, dass sich die Seele des Menschen abends weitet und aufzusteigen wünscht.

Das Militär will vom ersten Tag an dein Leben einengen, dir befehlen, was du tun oder lassen sollst. Selbst die Nächte gehören dir nicht mehr. Doch was für ein Wunder, Großvater Sergei liebte diese strenge Beschränkung ebenso, wie er es liebte, im Geiste auf Reisen zu gehen, in die weite, klare Welt einzutauchen.

Das Militär hatte ihn gelehrt, sich knapp auszudrücken. Alles, was er tat oder was er seine Schüler zu tun bat, war von dieser Beschränkung geprägt. Janek fühlte, vielleicht mehr als je zuvor, dass Großvater Sergei auch ihm die Wurzeln dieser Beschränkung eingepflanzt hatte. Ein Jammer nur, dass er ihm nicht auch die traditionellen Volksweisen aus dem Dorf weitergegeben hatte.

Einmal hatte er Großvater Sergei gefragt: «Hat deine Mutter dir keine Wiegen- und Hirtenlieder vorgesungen?»

«Doch, das hat sie. Diese Melodien sind mir wie Obstbäume eingepflanzt. Schade, dass mir die Singstimme verloren gegangen ist. Wiegen- und Hirtenlieder beschwichtigen die Seele, bringen sie in ihr erstes Zuhause zurück.»

Dennoch hatte Janek immer wieder auf Großvater Sergeis Stimme gelauscht, um vielleicht doch ein Lied von ihm zu hören, das seine Mutter ihm als Kind vorgesungen hatte.

Von seinem Platz aus konnte er die Wege sehen, die ins Dorf Iwanow führten. Großvater Sergei hatte diesen Namen stets mit einer lieblichen Betonung und einem innerlichen Beben ausgesprochen. Es war ihm anzumerken, dass er mit jedem Möbelstück im Haus, jeder Bank im Hof, jedem Baum und Beet im Garten verbunden war. Erst recht mit den Feldern und dem Bach.

Bis jetzt hatte er das Gefühl, dass Großvater Sergei bei ihm war. Darum sprach er mit ihm wie mit einem Lebenden. Janek war sich sicher, er antwortete nicht nur deswegen nicht, weil er in sich versunken war. Jetzt, da sich die

Tore des Dorfes vor ihm öffneten, wusste er auch, dass er von Großvater ablassen musste und ihn nicht länger mit Fragen belästigen durfte. Dieser Abschied machte ihn traurig. Oft hatte er davon geträumt, wie er nach dem Krieg mit Großvater Sergei heimkehren würde und wie er sein voriges Leben, über das sie so innig gesprochen hatten, zurückgewänne.

Einmal hatte er Großvater Sergei gefragt: «Wann werde ich wieder Jude sein?»

«Wenn du heimkehrst.»

«Und wo bin ich jetzt?»

«Du bist mit mir auf Wanderschaft.»

Unterdessen trat ein Kalb aus dem Wäldchen und stand auf dem Scheideweg. Janek legte die Deichsel auf der Erde ab und schaute es an. Ihm war, als stünde es so da, um sich fürs Abendbrot schlachten zu lassen, und er kam ihm sogleich zu Hilfe geeilt: «Flieh, flieh.» Doch das Kalb, eine freundliche Kreatur, erschreckte das Rufen nicht, es rührte sich nicht. Da hob Janek einen Stock, schrie noch lauter, und das Kalb lief um sein Leben.

Von nun an setzte er die Kutsche nicht mehr ab. Die ersten Häuser lugten aus dem Grün hervor. Eine nicht mehr junge Frau ging in den Kuhstall. Dieser Weg würde ihn mit Sicherheit ins Innere des Dorfes führen. Ein Greis, auf einen Stock gestützt, trat aus einem der Höfe.

«Guten Abend, Großvater. Wo wohnt der Priester?», fragte Janek.

«Geh weiter geradeaus, die Leute werden dir den Weg zeigen.»

Ohne anzuhalten, schritt er vorwärts. Inzwischen war es ganz Abend geworden. Aus den Schornsteinen der Häuser stieg bläulicher Rauch. Die Frauen bereiteten das Abendessen vor, die Männer kehrten vom Feld heim und fütterten die Pferde. Janek war diese Szenerie wohlvertraut, aber er hatte sie immer nur von Weitem gesehen. Nie hatten sie es unternommen, mit Bündeln und Ranzen durch ein Dorf zu gehen. Selbst nicht in Zeiten, in denen ein Fremder niemandes Unmut reizte.

Ein Kind zeigte ihm das Haus des Priesters.

«Danke», sagte Janek.

Das Kind blieb stehen, erstaunt, für so etwas Dank erhalten zu haben. Je länger es dastand, umso größer wurde das Erstaunen in seinem Gesicht.

Janek klopfte an die Tür. Der Priester stapfte herbei und öffnete: ein großer, in die Jahre gekommener Mann, wie der krumme Rücken und das lange, aber schüttere Haar bezeugten.

«Was wünschst du, mein Junge?», wandte er sich wohlwollend an Janek.

«Mein Name ist Janek. Ich war ein junger Gesandter von Sergei Iwanowitsch.»

«Von unserem Sergei Iwanowitsch? Was ist mit ihm geschehen?» Der Priester hob erschrocken die Hände.

«Vor zwei Tagen hat ihn ein Irrläufer getroffen, er war auf der Stelle tot.»

Als er die Kunde vernahm, riss der Priester die tränenerfüllten Augen auf und rief: «Vera, Vera.» Sofort erschien eine große Frau, ergriff seine Hand, packte ihn an der Schulter und setzte ihn auf den Strohsessel.

Als er sich gefasst hatte, sagte er zu der Frau: «Hast du das gehört? Unser Sergei wurde tödlich verwundet. Ein Irrläufer hat ihn getroffen.»

«Wo ist er?», fragte die Frau, als hätte man sie aus dem Schlaf geweckt.

«Er ist hier, auf der Kutsche», sagte Janek und zog den Mantel von Großvater Sergeis Gesicht.

Sein Gesicht hatte sich stark verändert, war aschgrau geworden, doch seine Züge wirkten noch lebendig.

«Unser Sergei. Sieh, was mit unserem Sergei geschehen ist», redete der Priester mit schwacher, fast erstickter Stimme.

«Man muss ihn sofort waschen und ankleiden», sagte die Frau mit beängstigender Bestimmtheit.

«Nicht so schnell. Gib uns einen Augenblick, um ihn zu betrachten», und zugleich wandte sich der Priester an Janek.

«Sergei hat sein Augenlicht verloren, ist durch die Dörfer gewandert und war ein Landstreicher Gottes. So erzählte mir eine Frau, die ihn getroffen hatte.»

«So ist es, mein Herr», bestätigte Janek.

Eine lange Weile betrachtete der Priester Großvater Sergeis Gesicht und bat Janek, ihm alles zu erzählen, was ihm widerfahren war, seitdem er das Dorf verlassen hatte.

Schließlich wandte er sich mit einer ruhigen Bewegung an die Frau und sagte: «Rufe die Alumnen, sie mögen eine Bahre bringen.»

«Sollen wir die Familie benachrichtigen?», fragte die Frau.

«Nein. Erst wenn wir ihn gewaschen und angekleidet haben, benachrichtigen wir die Familie. Morgen früh wird in jedem Falle die Beerdigung sein.»

Unterdessen erschienen zwei Alumnen im priesterlichen Ornat und mit einer Bahre. Ohne ein Wort gingen sie zur Kutsche, hoben die Leiche auf die Bahre und machten sich augenblicklich auf den Weg.

Der alte Priester seufzte, als hätte er damit seine Pflicht getan. Ab hier lag alles in der Hand des Allmächtigen.

Stille herrschte. Janek war hungrig und müde, konnte sich kaum auf den Beinen halten.

Plötzlich sprach der Priester zu der Frau: «Vera, bring dem Jungen einen Teller Suppe. Wie ist dein Name?»

«Janek.»

Es dauerte kaum eine Minute, da brachte ihm die Frau Gemüsesuppe.

«Leg auch eine Scheibe Brot dazu, Vera», sagte der Priester.

Die Frau kam dem Wunsch des Priesters nach, schloss dann die Tür und löschte die Laterne.

Janek aß die Suppe und das Brot. Gedankenleer kletterte er auf die Kutsche, schmiegte sich in Großvater Sergeis Militärmantel und schlief auf der Stelle ein.

49

Als er um Mitternacht aufwachte, war das Haus verschlossen, und im großen Hof hatte sich eine strenge Kälte breitgemacht. Janek sprang auf der Stelle und rieb die Hände aneinander. Schließlich, als die angestrengten Versuche, sich zu wärmen, nicht halfen, machte er ein Lagerfeuer. Glücklicherweise wachte niemand auf. Er blieb stehen, wärmte sich und trank Tee.

Früh am Morgen versammelten sich einige Männer im Hof. Ihrer Kleidung nach zu urteilen, waren sie auf dem Weg zur Arbeit. Nachdem er einige Zeit gewartet hatte, ging einer der Männer zur Tür und klopfte.

«Wer ist da?», meldete sich die Stimme einer Frau.

«Wir sind gekommen, um Sergei zu Grabe zu tragen.»

«Man trägt einen Toten nicht frühmorgens zu Grabe», antwortete dieselbe Stimme.

Danach kam die Familie zusammen. Die beiden Brüder hatten eine gewisse Ähnlichkeit mit Sergei, doch ihre Kinder sahen anders aus.

«Wie lange habt ihr Sergei nicht mehr gesehen?», trat ein alter Mann fragend zu ihnen.

«Viele Jahre», antwortete einer der Brüder.

«Wann ist er gestorben?»

«Vor zwei Tagen.»

Die einfachen, nüchternen Worte klangen klar an diesem kalten Morgen, sie wiederholten: «Aus der Dunkelheit sind wir gekommen, und in die Dunkelheit kehren wir zurück. Fragen hat keinen Sinn.»

Indessen erschien der Priester im altehrwürdigen priesterlichen Ornat. Er hob die weißen Arme und rief laut: «Gesegnet, die da kommen.»

Die beiden jungen Alumnen traten zu ihm, und der Priester flüsterte ihnen etwas ins Ohr.

Allmählich füllte sich der Hof mit Menschen.

Anschließend brachten die zwei Alumnen den Sarg und hoben ihn auf die Kutsche. Beim Anblick des geöffneten Sarges kam Bewegung in die Menge. Großvater Sergei lag geschminkt da, mit schwarzem Jackett, weißem Hemd und einer grünen Krawatte um den Hals gebunden. So einbalsamiert und parfümiert war nichts Lebendiges mehr an ihm. Es war eindeutig – er war nicht mehr in dieser Welt.

Einer seiner Brüder rief beim Anblick der einbalsamierten Leiche aufgeregt: «Genau wie er war.»

Der zweite Bruder ließ seinen Tränen freien Lauf.

Plötzlich erhob einer der Dorfbewohner die Stimme: «Sergei, du warst unser Held. Die Kinder redeten vor dem Schlafengehen von dir. Wir haben uns nach dir gesehnt. Wir haben darauf gewartet, dass du eines Tages zurückkehrst. Nicht so wollten wir dich wiedersehen», sagte er und begann zu weinen.

Unterdessen kamen noch viele weitere Menschen hinzu und stellten sich neben die Abgrenzung. Alle wollten sein Gesicht im Sarg sehen, aber es gab kein Gedränge.

Auf einmal erklang die Stimme einer Frau. Alle Frauen waren in ihn verliebt gewesen. Jedes Mal, wenn er aus dem Militär heimkehrte, war es ein Fest. Alle waren eifersüchtig auf Tanja, seine Geliebte.

Einer der Greise zeigte auf Janek und sagte: «Dieser junge Mann hier hat ihn gebracht. Wir haben ihn uns angeschaut.»

Keiner kam auf ihn zu, so als wäre er bloß eine wertlose Begleitung auf Großvater Sergeis Reise hierher.

Alle warteten jetzt auf die Worte des Priesters. Dieser richtete sich die Kleider und Haare, trat ein paar Schritte nach vorne und hob an: «Seit deiner Jugend, Sergei, seit wir dich mit der Taufe in die Gemeinschaft der Gläubigen aufgenommen haben, warst du mit uns. Wir haben gesehen, wie du aufwächst, in die Schule gehst, mit den Eltern auf dem Feld arbeitest. Du warst ein den Eltern und der Kirche treu ergebener Junge. Nicht einen Gottesdienst hast du ausgelassen. Als der Tag deiner Einberufung kam – bist du diesem Ruf gefolgt, und auch im Militär rühmte man deinen Namen. Immer höher bist du aufgestiegen und wurdest später Kommandant der Spezialeinheit. Dein Herz wurde nicht selbstherrlich, und deine Augen waren nicht hochmütig. Wenn du in den Ferien in die Heimat kamst, legtest du deine Uniform ab und arbeitetest auf dem Feld und im Kuhstall. Nicht nur deine Eltern waren stolz auf dich, das ganze Dorf blickte zu dir auf. Als du deinen langen Militärdienst, mit Orden und Ehrenzeichen geschmückt, beendet hattest, warteten alle darauf, dass du heimkehrst. Deine Geliebte wartete darauf, dass du sie zur Frau nehmen würdest, aber du hast dein Kommen hinausgezögert. Die Leute sahen dich in Wirtshäusern, beim Spielen, in Cafés und im Kino. Ich hörte davon, und mir tat es weh um deine Seele, denn ich liebte dich. Ich wusste, wie grundgütig du bist. Also nahm ich all meine Kräfte zusammen und schrieb dir einen Brief. Ich verabscheue es, jemandem eine Moralpredigt zu halten. Am besten ist es, wenn ein Mensch von selbst zu sich zurückkehrt, ohne dass ihm jemand seine Sünden vorhält. Du hast mir nicht geantwortet. Später erfuhr ich, dass du eine anständige Frau gefunden und geheiratet hast. Ich freute mich. Ich hoffte, du würdest eines Tages zu uns zurückkehren. Doch dann verstarb deine junge Frau, und du warst allein. Die Juden, die dir eine sichere Arbeit gegeben hatten, gingen bankrott, und du begabst dich auf Wanderschaft. Hin und wieder erhielt ich einen flüchtigen Gruß von dir. Man erzählte mir, du hättest die Lebensweise der Landstreicher angenommen, die den Weg zu Gott suchen. Einige Male wollte ich mich aufmachen und dich besuchen, doch es fand sich keine Möglichkeit dazu. Aus erfindlichen und unerfindlichen Gründen verzögerte sich mein Vorhaben. Und du hast nicht auf mein Kommen gewartet. Nun bist du zu dem Ort heimgegangen, zu dem Gott dich führen wollte. So zeigte sich, dass der Junge Sergei ebenso wie der Mann treue Diener Gottes waren. Jetzt ist deine Reise zu Ende. Jetzt begleiten wir dich zu deiner letzten Ruhestätte. Im Namen deiner Väter, die hier seit vielen Generationen begraben liegen, und in unser aller Namen bitten wir dich um Vergebung, wenn wir dich nicht so behandelt haben, wie es sich gehört hätte. Du bist uns teuer und wirst es immer sein.» Damit schloss der Priester seine Trauerrede, und ein großes Weinen brach aus.

Die beiden Alumnen deckten den Sarg ab und trugen ihn zum Friedhof. Von da an wurde nicht mehr gesprochen, nur noch gebetet. Auch nachdem der Sarg in die Erde hinabgelassen worden war, blieben die Leute noch. Sie weinten unaufhörlich, redeten stockend. Währenddessen legte der Priester den Ornat ab, und der ganze Glanz, der ihn umstrahlt hatte, erlosch. Jetzt sah er aus wie einer der alten Bauern: Klein und gebeugt stützte er sich auf seinen Stock, ging mit den vorsichtigen Schritten eines betagten Mannes.

50

Nachdem die Leute sich zerstreut hatten, wagte Janek es, auf den Priester zuzugehen und zu sagen: «Hier bin ich, Janek, der Großvater Sergei hergebracht hat.»

«Wie lange hast du mit Sergei zusammengelebt?», fragte der Priester sachlich und trocken.

«Etwa anderthalb Jahre, Herr Priester. Mein Vater hat mich zu ihm gebracht und ihn gebeten, auf mich achtzugeben.»

«Bist du Jude?»

«So ist es, mein Herr.»

«Wie hat er auf dich achtgegeben?»

«Er hat mich gelehrt, ein Ukrainer zu sein. Ich konnte

schon ein bisschen Ukrainisch, aber Großvater Sergei hat mir beigebracht, richtig zu reden, jedes Wort korrekt auszusprechen, mich wie ein echter Ukrainer zu benehmen.»

«Seid ihr in die Kirche gegangen?»

«Aussätzigen, Geisteskranken und Landstreichern ist der Zutritt zur Kirche verwehrt. Großvater Sergei hat mich auch gelehrt, Worte sparsam zu benutzen und mit wenig auszukommen.»

Als er Janek so reden hörte, neigte der Priester den Kopf.

Nach einer kurzen Pause rüttelte er sich wach und fragte: «Was hast du jetzt vor?»

«Ich gehe meine Eltern und die Großeltern suchen.»

«Wo bist du geboren, und wo hast du vor dem Krieg gelebt?»

Janek nannte den Namen des kleinen Städtchens.

Auf einmal, ohne Vorankündigung, drehte sich der Priester zur hinteren Tür der Kirche und rief in feinem Ton: «Vera, komm einmal zu mir.» Die Frau kam sogleich zu ihm, und der Priester trug ihr auf: «Der Junge reist weiter, mach ihm ein Körbchen mit Brot, Käse, harten Eiern und sauren Gurken zurecht.»

«Wird sofort gemacht.»

«Gehe in Frieden, für die gute Tat, die du für Sergei vollbracht hast, wird Gott dich behüten und dir deine Lieben zurückbringen.»

Wieder war er mit sich allein. Falls es zu regnen begänne, so kam ihm in den Sinn, würde er in einer der Hütten, die als Holzlager dienten, Unterschlupf finden, würde wieder all das sehen, was er gesehen hatte, als er Großvater Sergeis Begleiter gewesen war. Es fiel kein Regen. Er machte an einem hohen Akazienbaum halt und sagte zu sich: «So haben wir immer Rast gemacht, wenn wir eine gute Wegstrecke gewandert waren.»

Großvater Sergei hatte stets wiederholt: «Ein Landstreicher, der seine Beine nicht anstrengt, ist kein ehrenhafter Landstreicher, sondern ein nichtswürdiger Flaneur.»

Auf ihrer langen Wanderschaft waren ihnen nicht wenige Landstreicher begegnet. Die meisten hatten ihr Ziel aus den Augen verloren. Träge dösten sie am Wegesrand und in den Eingängen der Wirtshäuser, trotteten zu den Häusern der Bauern, um Almosen zu erbitten. Sie waren in Wahrheit Bettler und keine Landstreicher. Auch ein echter Landstreicher ist arm, doch er verliert durch seine Armut nicht seine Würde.

Janek erinnerte sich jetzt an die Landstreicher, die versucht hatten, sich ins Kloster Santa Maria zu flüchten. Sie waren bereits nah am Kloster und hätten mit ein bisschen Anstrengung dorthin gelangen können. Aber der Wille zu kämpfen war in ihnen erloschen. Die jungen Bauern raubten ihnen die Ranzen und Bündel und traten nach ihnen.

Großvater Sergei ermutigte sie lautstark, sich zu wehren, doch wie immer strauchelten die meisten Landstreicher und fielen zu Boden.

Die Erinnerung an die gemeinsame Zeit mit Großvater Sergei erfüllte ihn mit Sehnsucht. Großvater Sergei hatte eine innere Stärke besessen, die sich nie durch große Worte oder eine erhobene Stimme ausdrückte. Ungerechtigkeiten oder ungehobeltes Verhalten erzürnten ihn, aber nie ließ er zu, dass der Zorn ihn beherrschte. All seine Bewegungen waren zurückhaltend, und er selbst strahlte Ruhe aus.

Erst jetzt begriff Janek allmählich, dass es nun an ihm war, Großvater Sergeis Schatz zu bewahren. Weder der

Priester noch seine Brüder verstanden ihn. Doch selbst er würde sich sehr bemühen müssen, um Großvater Sergeis Sätze bei sich zu behalten: die klaren, die beiläufigen und jene, die eine eigene Melodie besessen hatten oder schweigend gesprochen worden waren.

Einmal, als sie am Eingang der Kirche saßen und der Predigt des Priesters gelauscht hatten – Großvater Sergei hatte ganz aufmerksam hingehört –, sagte er nur: «Mit Honig bestrichen.»

Janek wusste schon damals, diese Diagnose war die Essenz seiner grundsätzlichen Auffassung: Drück dich einfach, klar und verständlich aus; jeder, der in einen Redeschwall ausufert, macht sich verdächtig, etwas vorzugaukeln.

51

Wieder war es Abend geworden, Janek zündete ein Lagerfeuer an. Der Proviant, den die Haushälterin des Priesters ihm mitgegeben hatte, war frisch, und er bereitete rasch ein Essen zu, so wie er es mit Großvater Sergei getan hatte.

Seit Großvater Sergei nicht mehr ist, achtet Janek streng darauf, alles ganz genau so zu machen, wie er es gemacht hatte, als Großvater noch lebte. Manchmal spürt er, dass er hellhöriger geworden ist.

Janek kommt es so vor, dass man die Lehre, die Großvater Sergei vertritt, auch lernen kann, doch wie genau lernt man eine Lehre, die hauptsächlich aus Schweigen besteht?

Einmal, als Janek ihm einen kleinen Sack Kartoffeln gebracht hatte, nahm er eine Kartoffel in die Hand, betastete sie, roch daran und sagte dann: «Gott, ich liebe deine Kartoffeln.»

In kalten Nächten, wenn das Lagerfeuer nicht genügend wärmte, war er aufgestanden, hatte die Hände aneinandergerieben, etwas Holz in das Feuer nachgelegt, eine Kartoffel aufgewärmt und geflüstert: «Gott, was würden wir nur ohne dich tun? So eng ist unser Geist, dass wir die meisten deiner Geschenke für selbstverständlich nehmen.»

Wenn ihn die Melancholie überfiel, bat er Janek um die Kognakflasche und sagte: «Gott erlaubt uns manchmal eine Sünde, um uns den verlorenen Abglanz seines Antlitzes zurückzugeben.»

Einmal fragte Janek ihn, ob Gott in der Kirche wohne. Großvater Sergei antwortete ihm nicht mit Worten, sondern hob die Hand, um zu sagen: nein, und wies sogleich auf seine Brust: Dort wohne Gott. Janek liebte seine Bewegungen, wie er sich erhob und wie er sich setzte, die Art, wie er sich vor dem Schlafen zusammenrollte. In jeder seiner Bewegungen lag Kraft, aber auch Demut.

Unwillkürlich schloss Janek die Augen und schlief ein. Im Traum sah er seinen geliebten Onkel Josef auf der Erde sitzen. Seine Haare waren schlohweiß geworden, seine beiden großen, brennenden Augen waren verdunkelt, aber er konnte noch sehen. Janek fiel auf die Knie und rief: «Onkel Josef.» Dieser öffnete die großen Augen und sagte mit schwacher Stimme: «Ich bin müde.»

«Ich mache dir einen Tee», bot Janek an.

«Nicht nötig, ich bin müde.»

Janek ließ nicht locker, brachte eine Tasse Tee und hielt ihm ein Löffelchen voll an den Mund. Der Onkel schluckte, hob die Augen, und es schien, als ob er ihn erkannte. Janek flößte ihm weiter Tee in den Mund.

«Wo warst du, Onkel Josef?»

«An einem Ort, über den man unmöglich sprechen kann», sagte er und lehnte den Kopf an den Baumstamm.

Janek erwachte aus seinem Traum, es war Morgen.

52

Dann brach Stille herein, wie nach jedem Krieg. Auf den Feldern standen verstreut einzelne Kühe und Pferde, hier und da maß ein Bauer die Kriegsschäden ab. In der Ferne ging ein Mann auf Krücken.

Es war die Jahreszeit, in der sich die Familie stets auf Großvater Jakobs Landgut versammelt hatte. Bei der letzten dieser Zusammenkünfte war Janek neun Jahre alt gewesen. Großmutter Sara lebte bereits nicht mehr, doch ihre zwei Töchter hatten den Haushalt übernommen und kümmerten sich um Großvater.

Unter denen, die zusammenkamen, war auch der geliebte Onkel Josef, adrett gekleidet und zu jedermann freundlich. Onkel Josef war das Licht der Familie. Schon im Gymnasium zeigten sich seine Talente. Als Sechzehnjähriger wurde er an der Universität angenommen und sorgte auch dort für Überraschungen. Doch brachten ihm die Frauen kein Glück. Zweimal heiratete er, und zweimal ließ er sich scheiden. Die Familie stand hinter ihm, auch als er am Boden lag. Später rappelte er sich auf, forschte wieder und kam zu großen wissenschaftlichen Erkenntnissen.

Bei der letzten Zusammenkunft saß Onkel Josef neben seiner Schwester, Janeks Mutter. Sie sah ihm ähnlich, besaß aber ein anderes Temperament. Sie hatte einen wohlhabenden Kaufmann geheiratet und führte ein geordnetes Leben. Onkel Josef liebte sie, und wann immer er in Verstrickungen geriet oder den Mut verlor, suchte er sie auf und lauschte ihrem Rat.

Einige Tage vor der Zusammenkunft plagten Janek schlechte Träume. Er wollte mit seiner Mutter darüber reden, doch aus irgendeinem Grund traute er sich nicht. Und als er sich endlich überwunden hatte, war ihr Herz verschlossen. Mehrmals wies sie ihn mit «Nicht jetzt» zurück.

Auch wenn keine Zeichen Schlechtes verkündeten, so redeten die Menschen doch vom näher rückenden Krieg, als handelte es sich um eine unumstößliche Tatsache: Die Eisenbahnen fuhren nicht pünktlich ein und ab, die Leute kehrten zu ihren Eltern in den Dörfern zurück, und die Straßen wimmelten von herrenlosen Tieren. Doch abgesehen von diesen Anzeichen, die man auch anders hätte deuten können, gab es keine klar erkennbaren bösen Vorboten. Der Handel lief gut, morgens wurden die Straßen gereinigt, und nachts waren die Schaufenster erleuchtet. Die Cafés waren voll, Liebespaare schlenderten eng umschlungen über die Promenade.

Janek ging noch in die Schule. Die Prüfungen bereiteten ihm Sorge, doch er brachte hervorragende Noten mit nach Hause, die Eltern waren zufrieden.

Schließlich wich die Betrübnis aus dem Gesicht seiner Mutter, und sie sagte, wie zur Entschuldigung: «Komm, mein Lieber, wir setzen und unterhalten uns. Jetzt haben wir Zeit für uns.»

Janek wollte ihr von den bösen Träumen erzählen, doch die Worte oder richtiger noch: die klaren, beängstigenden Bilder hatten sich mit dem Tageslicht aufgelöst, und er wusste nicht mehr, was ihn eigentlich so erschreckt hatte.

«Erzähl, mein Lieber», bat die Mutter ihn wieder, doch je eindringlicher sie ihn aufforderte, umso mehr verloren die Worte sich in ihm, und er verstummte.

Janek schmerzte diese Blockade. Er versprach seiner Mutter, ihr bald alles zu erzählen. Doch in der Zwischenzeit ging es vor allem darum, die letzten Dinge für das Zusammenkommen auf Großvaters Landgut vorzubereiten.

Früh am Morgen holte die Kutsche sie ab. Janek war aufgewühlt. Die ganze Nacht hatte er kein Auge zugetan, und jetzt, als er neben seiner Mutter in der Kutsche saß, hätte er am liebsten auf ihrem Schoß geschlafen.

Etwa die Hälfte des Weges schlief er, die letzten Traumreste verflüchtigten sich wie nie gewesen.

Der Weg in die Karpaten, Janek tief vertraut, war erleuchtet. In weniger als zwei Stunden standen sie vor den Toren des Landguts.

Die zwei Labradore hießen sie mit Freudenbellen willkommen. Der Hausmeister, der die Familie gut kannte, kam auf sie zu und nahm sie in Empfang.

«Da sind wir», rief der Vater und half der Mutter aus der Kutsche.

Großvater Jakob hatte sich seit dem Tod seiner Frau verändert. Der Rücken war gekrümmt, der Blick milder geworden. Die Strahlkraft des großen Mannes mit den breiten Schultern hatte merklich abgenommen auf dem Hof. Janeks Mutter, die ihren Vater über alles liebte, fiel ihm in die Arme und weinte. Der Vater streichelte ihr den Kopf wie damals als Kind.

Die Schwester seiner Mutter, Jany, trat hinzu. Auch sie war hochgewachsen, angenehm herbstlich gekleidet. Sie hatte ihr Pharmaziestudium mit Auszeichnung abgeschlossen und stand kurz davor, eine eigene Apotheke zu eröffnen. Allein war sie damals in die große Stadt zum Studieren gezogen. Sie umarmte und küsste die Ankommenden, und als man ihre Leistungen rühmte, sagte sie: «Ihr könnt euch nicht vorstellen, wie viele Toren, Männer, vor allem aber Frauen, mit mir das Studium absolviert haben. Ihr müsst wissen, dass die Weisheit nicht in der Fakultät für Pharmazie zu Hause ist.»

«Hättest du lieber einen anderen Beruf gewählt?»

«Gewiss. Aber die Medizinische Fakultät lässt nicht mal eine Handvoll Juden zu. Juden dürfen, wenn sie denn darauf beharren, lediglich Pharmazie und Zahnmedizin studieren, und auch hier gibt es Zulassungsbeschränkungen. Allein der Gedanke, dass ich jeden Tag Menschen Schmerzen zufügen muss, hat mich davon abgehalten, Zahnmedizin zu studieren.»

Sie hatte kaum ausgesprochen, da erblasste sie, und ihr Herz verzagte. Ihre beiden jüngeren Schwestern eilten herbei, um ihr Birnenmus und ein Glas Wasser zu bringen. Jany trank, kostete von der Delikatesse, und es kam wieder Leben in ihr Gesicht. «Der Übergang von der flachen Stadt in die Berge macht mich schwindelig», sagte sie. «Nichts zu machen», schob sie hinterher.

«Was ist passiert, Jany?» Die anderen umringten sie.

«Nichts, nur ein bisschen Schwindel», sagte sie, und alle lachten.

Der Besuch auf dem Landgut war stets aufwühlend. Der eine wurde blass, dem anderen stiegen die Tränen in die Augen, und wieder ein anderer brach in einen Redeschwall aus. Selbst an gewöhnlichen Tagen war der Besuch aufwühlend. Niemand kam gleichgültig hierher.

Es stimmte, dass sich das Landgut seit Großmutter Saras Tod äußerlich verändert hatte. Vor allem Großvater Jakob hatte sich verändert. Das Leben hier war still geworden, es gab kaum noch Gespräche. Seine Kinder kannten Großvaters Nöte, alle kamen sie zur Zusammenkunft.

In den Tagen des Zusammenseins beruhigten die Gespräche und Mahlzeiten die Gemüter ein wenig. Großvater erzählte immer wieder von früher, von den großen Zeiten des Landguts, von Großmutter Saras Taten, von Kummer und Freuden. Die Feste waren hier stets glanzvoll gewesen. Allen voran Pessach und Schawuot. Doch auch Chanukka und Purim hatten die Seele erhoben. Großmutter Sara hatte dafür gesorgt, dass jedes Fest auch wirklich feierlich wurde.

53

Alle liebten es, zum Landgut zu kommen, auch wenn es natürlich nach Großmutter Saras Tod anders war. Freitags entzündeten sie die Kerzen und sprachen den Segen darüber, Großvater sprach den Kiddusch, die Kindheit erstand wieder und erleuchtete das Haus.

Jetzt sitzen die Familienmitglieder zusammen, unterhalten sich und beschwören Erinnerungen herauf. Wie von selbst kommen Missstände und lang zurückliegende Kränkungen an die Oberfläche.

Onkel Josef verkündete überraschend, dass er das Landgut sehr liebe. Jedes Mal, wenn er hierher zurückkehre, fühle er sich wie zu neuem Leben erwacht. Fortwährend vom Landgut getrennt zu sein, das habe ihn immer wieder in Depressionen gestürzt. Schade, dass er das nicht früher erkannt habe – das Leben sei wichtiger als die Wissenschaft, mit der er sich abmühe. Das Forschen sauge einem das Mark aus den Knochen und lasse einen vertrocknen.

Alle hörten ihm zu. Großvater saß im Strohsessel und äußerte keinen Ton. Einst hatte er sich rege an diesen Diskussionen beteiligt. Jetzt saß er da, als wollte er sagen: Darüber haben wir doch schon diskutiert. Ich habe zu viele Widersprüche in meinem Leben gesehen. Bedauerlicherweise sind sie nicht vereinbar.

Die beiden Schwestern, die das Landgut nie für mehr als ein paar Tage verlassen hatten, kümmerten sich wie an den Tagen zuvor um das Mittagessen. Großvater nahm Haltung an. Er saß am Kopf des Tisches neben seiner ältesten Tochter, Janeks Mutter.

Die Gemüsesuppe wurde serviert, ein dichter Dampf stieg auf, und alles am Tisch wurde hellwach.

Janeks Mutter vertiefte sich in ein Gespräch mit ihrem Bruder Josef. Janek fühlte sich plötzlich einsam. Anfangs hatte er die Zusammenkunft als erfreulich empfunden, rückte doch auch sein Geburtstag näher. Die Familie war sonst immer zu früh mit den Geschenken, doch dieses Mal hatte ihm niemand etwas mitgebracht, und das bedrückte ihn.

Gut, dass Tante Jany auf ihn zukam, ihn umarmte, küsste und fragte: «Wie geht es dir, mein Lieber? Warum schaust du so traurig?»

«Nachts suchen mich böse Träume heim», verbarg Janek ihr nicht.

«Hast du sie deiner Mutter erzählt?»

«Nein.»

«Warum nicht?»

«Mutter hatte viel zu tun in den letzten Tagen, und ich wollte sie nicht belästigen. Als ich es ihr erzählen wollte, sagte sie: ‹Nicht jetzt.›»

«Wenn es um Träume geht, die einem auf so spürbare,

schmerzhafte Weise nahekommen, schert man sich nicht um gute Manieren. Man sagt: Mama, ich will dir einen Traum erzählen. Das ist dringend.»

«Ich habe es ihr in meinen Worten gesagt.»

«Ich möchte den Traum gern hören», sagte Tante Jany entschlossen.

Janek war überrascht, mit so viel Verständnis hatte er nicht gerechnet.

«Tante Jany, im Moment habe ich nicht die Worte, um ihn dir zu erzählen. Vielleicht kann ich ihn dir morgen erzählen», sprach Janek mit einer Stimme, die nicht die seine war.

«Seltsam», sagte Tante Jany. Dieses Mal war auch sie überrascht. Und es zeichnete sie aus, dass sie ihn nicht von sich stieß.

Janek ging hinaus, um sich das Landgut anzusehen. Zu dieser Jahreszeit, zu Frühlingsanfang, fielen von den meisten Bäumen noch die letzten Blätter. Hier und da zeigte sich eine erste Mandelblüte. Großvater liebte die Obstgärten. Er beschnitt die Bäume mit eigenen Händen, behandelte die Schäden und abgebrochenen Äste. Allerdings war es ihm nicht geglückt, die Liebe zu den Feldern und Obstgärten ebenso wie die Liebe zur Tradition an seine Kinder weiterzugeben. Doch den meisten seiner Kinder sind die Feste wichtig. Zu den Festen kommen sie zum Landgut und verbringen dort zwei, drei Tage.

Als Janek Tante Jany im Wohnzimmer traf, umarmte sie ihn und fragte: «Hast du jetzt die Worte, um mir deine Träume zu erzählen? Ich werde sie niemandem weitererzählen. Das ist ein Geheimnis zwischen uns beiden.»

Janek lächelte und sagte: «Warum sollte ich dich traurig machen?»

«Es ist nicht schön, dich mit solchen Träumen zurückzulassen.»

«Heute Abend vor dem Schlafengehen erzähle ich sie dir.»

Indessen erwachte Großvater aus seinem Nickerchen, und alles umringte ihn. Er sprach über seine Sehnsucht nach Großmutter. Fast ihr ganzes Leben hatten sie zusammen verbracht. Sie war sechzehn gewesen, als er sie zur Frau nahm. Mit eigenen Händen hatten sie das Landgut aufgebaut und die Kinder großgezogen.

Onkel Josef ergriff wieder das Wort: «Vater, wir sind immer bei dir. Wir lieben dich. Das Landgut ist uns teuer. Du wohnst in jedem einzelnen deiner Kinder. Du hast jedem deiner Kinder ein Stück deiner selbst mitgegeben. Mutter war nicht anders als du. Jedem von uns ist ihre Großherzigkeit eingepflanzt. Es war leicht, sie zu lieben. Immer bot sie einem etwas zu essen oder zu trinken an, vor allem aber hatte sie für jeden immer ein tröstendes Wort. Die alten Lieder, die sie uns zum Einschlafen vorsang, schlummern noch wie ein süßes Geheimnis in uns, in den langen Sommernächten erzählte sie uns Märchen. Es stimmt, jeder von uns hat einen anderen Weg eingeschlagen, aber wir sind dir und Mutter verbunden geblieben.»

Nachdem Onkel Josef gesprochen hatte, schienen viele im Wohnzimmer etwas hinzufügen zu wollen, doch das war ein Irrtum. Seine bewegenden Worte hatten die anderen erstaunt. Eine Weile blieb es still im Wohnzimmer.

Anschließend zog die Mutter Janek den Schlafanzug an und küsste ihn auf die Stirn. Sie war eben erst aus dem Zimmer getreten, als Tante Jany erschien und flüsterte: «Darf ich mich neben dich setzen? Möchtest du mir ein, zwei Träume erzählen?»

«Gleich.»

«Ich verspreche dir, dass ich niemandem davon erzählen werde.»

Also begann Janek zu sprechen: «Ich, Papa und Mama stehen auf dem Feld und betrachten das Abendlicht. Plötzlich brechen große Pferde am Horizont hervor, Pferde wie ich ihresgleichen noch nie gesehen habe. In ihrem Wiehern liegt ein starker Drang, und es ist klar – wir werden es nicht überleben, wenn sie uns vorwärtspreschend im Galopp überrennen. ‹Hinlegen›, ruft Papa mit schrecklicher Stimme. Und Mutter und ich werfen uns hin.»

«Und was ist geschehen?»

«Die Pferde sind offenbar über uns weggesprungen, aber der Schrecken blieb. Am nächsten Tag habe ich wieder geträumt. Dieses Mal standen wir auf grünen Wiesen. Die großen Pferde weideten still. Ich wunderte mich, wohin die Wut und der Drang, der in ihren Augen gestanden hatte, verschwunden waren. Ich betrachtete sie. Ihre Augen sagten: ‹Ihr irrt euch: Der Drang und die Wut stecken noch in uns. Wir nähren sie im Stillen, und wenn der Tag kommt, flackern sie auf.› Jede Nacht erscheinen die Pferde. Ich bin mir sicher, sie wollen uns zerreißen. Aber aus irgendeinem Grund haben sie es bis heute nicht getan. Werden sie uns zerreißen?»

«Pferde sind keine Raubtiere», antwortete Tante Jany.

«Aber es sind doch Wildpferde.»

«Es sind keine Wildpferde. Es sind bloß große Pferde.»

Das war der letzte Satz, den Janek mitbekam, bevor er in einen tiefen Schlaf glitt.

54

Früh am nächsten Tag verließen Onkel Josef und Tante Jany das Landgut. Im Esszimmer saßen Großvater und Janeks Mutter und tranken Kaffee. Sie redeten langsam, machten Pausen, und man merkte, wie innig ihr Verhältnis war. Janeks Vater saß draußen, in Nachsinnen versunken. Janek störte ihn sonst nicht gern, doch jetzt brach er diese Regel und ging auf ihn zu.

«Papa, guten Morgen.»

«Guten Morgen, mein Lieber.»

Schon ein Jahr war es her, dass sein Geschäft bankrottgegangen war. Tatsächlich schickte Großvater ihnen jeden Monat Geld für den Lebensunterhalt, aber über diese Unterstützung freute der Vater sich nicht. Das Gefühl, auf andere angewiesen zu sein, trübte seinen Geist.

«Warum bist du so früh schon auf, mein Lieber?», wunderte der Vater sich.

«Das Licht hier weckt mich.»

«Schade. Der Schlaf am Morgen ist der beste.»

«Papa, warum gehst du nicht rein, Kaffee trinken?»

«Gleich.»

Auf einmal verstand Janek, was er zuvor nicht begriffen hatte. Die großen Warenlager seines Vaters waren gepfändet worden. Jetzt waren die Türen mit Ketten und Wachssiegeln verschlossen. Kein Zugang mehr möglich. Vater verbringt die meiste Zeit im Haus, läuft von einem Zimmer zum anderen, und wenn die Mutter ihn etwas fragt, steht er reglos da. Er spricht mit niemandem. Auch dem über alles geliebten Onkel Josef gelingt es nicht, ihm ein Wort zu entlocken.

«Du darfst nicht dir selbst die Schuld geben. Die Bedingungen haben sich geändert. Alles ist undurchschaubar geworden. Überall herrscht ein großes Durcheinander. Doch der Sturm wird vergehen und das Leben wieder seinen gewohnten Gang nehmen», flüstert Onkel Josef ihm erneut zu.

Vater antwortet nicht. So wie er dreinschaut, ist klar, dass er dem nicht zustimmt. Vater diskutiert für gewöhnlich nicht mit seinem Schwager. Onkel Josef ist wortgewandt und wird ihm in einer Diskussion immer überlegen sein, doch der Vater verdankt seiner Lebenserfahrung die wertvolle Kraft des Schweigens. Seit Jahren arbeitet er in Wäldern und Klöstern. Die Arbeiter und Transporteure sind allesamt wortkarge Menschen. Die Laute, die ihrer Kehle entschlüpfen, ähneln dem Ächzen hoher Bäume und den Stimmen wilder Tiere. Der Vater versteht sie, und sie gehorchen ihm. Jetzt sind nicht nur die Lager geschlossen. Das ganze Wesen des Vaters ist gefangen. Außer der Familie wagt es niemand, sich ihm zu nähern.

Zum Mittagessen machten die Schwestern Borschtsch mit Sahne und Blintze und zum Nachtisch einen Obstsalat. Ohne Onkel Josef und Tante Jany ist es still im Haus. Janeks Vater sitzt und isst hastig den roten Borschtsch, wie ein Mensch, der schwer geschuftet hat. Das einfache, hübsche Haus, das die Schwestern hingebungsvoll hegen und pflegen, in dem ihre Familie seit Generationen lebt, wirkt plötzlich gebrechlich.

Großvater näherte sich Janek und fragte: «Was machst du in diesen Zeiten?»

Die Frage verängstigte Janek: «Ich gehe in die Schule.»

«Lernst du fleißig?», fragte er lächelnd.

«Ich gebe mir Mühe», antwortete Janek und wusste, Großvater würde mit dieser Antwort zufrieden sein.

Anschließend brach eine der jungen Schwestern in bitteres Weinen aus. Großvater fiel vor ihr auf die Knie, umarmte sie und redete ihr zärtlich zu: «Das ist keine Katastrophe. Die Welt steht dir offen. Du kannst reisen, wohin du willst. Du bist erst dreiundzwanzig.»

Auch Janeks Mutter kam hinzu, um sie zu besänftigen, doch die junge Schwester ließ sich nicht beruhigen. Sie schluchzte wie besessen und wollte sich nicht trösten lassen. «Sie verschließen immer mehr. Wie soll ich da noch reisen? Ich werde niemals zu Herbert kommen können.»

Als all die tröstenden Worte nichts nutzten, umarmte Janeks Mutter sie, nahm sie mit hinaus in den Garten, ins milde Nachmittagslicht, und sagte: «Komm zu mir, meine Liebe, bei uns ist es trotz allem ruhiger. Hier geistern Gespenster herum und drohen dir. Du darfst nicht dasitzen und ihnen zuhören. Hier ist alles mit Vergangenheit überzogen. Das erdrückt. Du musst in die Stadt ziehen, über die Trottoirs schlendern, die Schaufenster betrachten. In Cafés sitzen. Herbert ist nur eine Episode. Er ist dir zufällig über den Weg gelaufen und genauso wieder verschwunden, wie er gekommen ist. Wer weiß, wer er ist und was er mit sich trägt. Wie oft hast du ihn getroffen?»

«Zweimal.»

«Halte dich besser an das, was man in früheren Generationen zu sagen pflegte: Alles hat sein Gutes.»

Ihre Worte trafen auf taube Ohren. Das Herz der jungen Schwester war überreif. «Sie verschließen immer mehr. Nichts ist mehr offen. Ich ersticke», redete sie, wurde ohnmächtig, und erst als die alte Bedienstete des Hauses, eine Ukrainerin, auf Ukrainisch zu ihr sprach, schlug sie die Augen auf und fragte: «Was ist hier los? Warum habt ihr euch um mich versammelt?»

Darauf antwortete die Bedienstete: «Du hast einen bösen Traum gehabt und gedacht, es ist die Wirklichkeit. Wir sind gekommen, um dich aus diesem Traum herauszuholen. Schau, wir alle sind hier, um dich zu begrüßen.»

Die Bedienstete, die eine lange Zeit in diesem Haus gedient hatte, umarmte sie wie ein verletztes Kind und zog sie auf ihren Schoß.

Gegen Abend kam eine Kutsche und holte sie ab. Großvater, die zwei jüngeren Schwestern und die ukrainische Bedienstete standen in der Eingangstür. Großvater umarmte und küsste die Abreisenden. Die Bedienstete umarmte die Mutter und sagte: «Möge Gott euch beschützen. Nur auf ihn könnt ihr vertrauen. Kehrt sobald wie möglich zu uns zurück.»

Die Mutter umarmte die Schwestern, und Tränen liefen über ihr Gesicht.

Das war die letzte Zusammenkunft auf dem Landgut gewesen.

Janek war erschöpft. Nach der kurzen Zeit auf dem Landgut hatte er viele Bilder im Kopf. Das Nachdenken darüber fiel ihm schwer. Er schloss die Augen und schlief ein.

55

Janek schlief lange, und als er erwachte, war es Morgen. In der Nacht hatte es geregnet, aber Janek war nicht nass geworden. Er hatte in Großvater Sergeis Militärmantel geschlafen und den Kopf unter die Plane gesteckt.

Der lange Traum arbeitete noch in ihm, doch er konnte sich nicht klar daran erinnern. Er wusste, er war an vielen Orten gewesen, es war viel geredet worden, teilweise im Haus des Landguts, das meiste jedoch in den Gärten. Vielen Leuten war er begegnet, doch mit dem Morgen waren ihre Gesichter aus seinem Kopf verschwunden. Er sah den Baum und die Kutsche vor sich.

Indessen überfiel ihn Reue darüber, dass er Großvater Sergeis Kleider nicht bei dem Priester gelassen hatte, damit er sie neben seinem Grab bestatten würde.

Die Reue beschwor unwillkürlich Bilder von Großvater Sergeis Beerdigung herauf: den Priester, die zwei Alumnen, die alles für die Zeremonie vorbereitet hatten.

Großvater Sergei hatte es ganz und gar nicht gefallen, dass die Kirchen den Geisteskranken, Aussätzigen und Landstreichern nicht gestatteten, in ihre Tore einzutreten. Doch als er in schwarzem Jackett und mit grüner Krawatte im Sarg lag, sah er gleichgültig aus, als wollte er sagen: Wir alle müssen sterben. Wir alle enden in einem Sarg. Die ganzen Zeremonien sind ein Gaukelspiel, doch was soll man machen, Menschen brauchen dieses Kinderspiel.

Janek war durstig. Er zündete das Lagerfeuer an und stellte den Wasserkessel auf die brennenden Zweige. Es dauerte nicht lange, und er hielt eine Tasse Tee in Händen. Unterdessen merkte er, dass sich der lange, sich in seinem Kopf windende Traum nicht entwirren ließ.

In der Zwischenzeit sammelten sich gegenüber in dem Wäldchen verwundete Soldaten, die nach der Entlassung den Heimweg antraten. Menschen, die sich auf der Flucht verirrt hatten, Landstreicher mit amputierten Händen und Beinen. Die Sonne kam zwischen den Wolken hervor, erleuchtete das Wäldchen und die Menschen; kurzzeitig glaubte Janek, dass im nächsten Moment irgendein Dorfheiliger erscheinen und sie mit milder Stimme anweisen würde, dorthin zu gehen, wo es warmes Wasser zum Waschen gibt.

Ein Heiliger erschien nicht, aber ein Lastwagen mit Essen traf ein. Zwei Soldaten aus der Roten Armee standen an dem offenen Fahrerhaus und verteilten Brot und Sardinendosen. Die Leute drängelten sich zu beiden Seiten des Lastwagens, aber es gab keinen Lärm. Janek stellte sich dazu und bekam einen Laib Brot und eine Dose Sardinen.

Unter einem Akazienbaum saß ein Mensch und betrachtete Janek. Schließlich kam er auf ihn zu und fragte: «Sprichst du Jiddisch?»

Janek zögerte, dann sagte er: «Meine Muttersprache ist Deutsch, aber ich verstehe Jiddisch.»

«Der Krieg ist zu Ende. Du kannst das Holzkreuz von deinem Hals nehmen», meinte der Mann mit klarer Stimme.

«Bald», sagte Janek.

«Warum nicht jetzt? Das wird dir die Angst nehmen und dich von den Fesseln um deinen Hals befreien.»

«Ich muss zuvor noch ein paar Pflichten erledigen», sagte Janek und spürte, er hatte die Wahrheit gesprochen.

«Was für Pflichten?» Der Mann sprang von seinem Platz auf.

«Keine Sorge, ich bewahre den Glauben an unseren Gott», sagte Janek.

«Kommst du aus einem jüdischen Haus, das die Gebote hält?»

«Nein», antwortete Janek klar und knapp.

«Verzeihung, ich wollte dir nur sagen: Nicht weit von hier verteilt man gebrauchte Kleider.»

Janek wusste nicht, was er sagen sollte. Schließlich sagte er: «Danke», spannte sich vor die Kutsche und brach auf. Eine lange Weile ging er so dahin. Dann machte er neben einer breiten Eiche halt.

Es war ein Hügel, von dem aus man die saftig grünen Felder und Obstgärten sehen konnte. Auch hier schleppten sich Soldaten vorwärts, die eben entlassen worden waren. Auch wenn die Flüchtlinge und Krüppel zusammen gingen, so schien doch jeder für sich verloren zu sein.

Er hatte eben die Deichsel auf die Erde abgesetzt, da begann ihn wieder der Durst zu quälen. Er ging Holz sammeln, und bei jeder Bewegung, die er tat, bis das Lagerfeuer angezündet war, stand ihm Großvater Sergei vor Augen. Seine Gesichtszüge hatten sich nicht verändert. «Großvater Sergei», entfuhr es seinem Mund.

Das Reisig fing Flammen, und kurz darauf hielt er eine Tasse Tee in den Händen.

Nach der Beerdigung war es ihm so vorgekommen, als segelte Großvater Sergei auf Nimmerwiedersehen fort in die Weiten des Himmels. Doch gab es auch Stunden, in denen Großvater Sergei greifbar schien, jeder kleinste Teil seines Körpers vor Lebendigkeit sprühte. Da kam ihm in den Sinn, dass es jetzt an der Zeit wäre, Großvaters Kleider zu beerdigen.

Einmal in der Woche hatten sie am Ufer eines Flusses gerastet, gebadet und die Kleider gewaschen. Großvater Sergei pflegte zu sagen: «Man muss die Kleider ehren. Sie sind unserer Haut am nächsten, nehmen alles auf, was der Körper ihnen überträgt.»

56

Doch dann dachte sich Janek: Vielleicht gehe ich besser hinunter und schließe mich den Menschen an, die über die staubigen Wege strömen. Vielleicht würde er einen Bekannten finden.

Die gemeinsame Zeit mit Großvater Sergei hatte ihn von seinem Zuhause und seinen Eltern entfernt. Doch nicht gänzlich. Es gab Tage, da erschienen sie ihm in einer Vision oder zeigten sich im Traum. All diese Begegnungen waren wie in einen nebelverhangenen Teich getaucht. Dennoch erregte ihn diese ferne Nähe, und insgeheim sehnte er sich nach ihr.

Wenn er die Eltern träfe, wohin würden sie dann gehen: in ihr Haus oder zu Großvater Jakobs Landgut? Wie oft hatte die Mutter gesagt: «Kommt, wir fahren zu Großvater Jakob. Ich brauche Ruhe wie die Luft zum Atmen.»

Die kurzen Ferien bei Großvater Jakob haben sich seinem Herzen tief eingeprägt. Auf dem Landgut wurde die Mutter wieder ganz sie selbst und redete mit Großvater auf Jiddisch.

Noch umgeben von Bildern seines Zuhauses, erblickte er eine Frau auf dem Weg, die seiner Mutter sehr ähnlich sah. Je länger er sie betrachtete, umso mehr verbanden sich die Linien seiner Phantasie zu einer Gestalt. «Mama», rief er. Doch in dem Moment, als der Laut seinem Mund entschlüpfte, wurde ihm klar, dass das unmöglich seine Mutter sein konnte. Er neigte den Kopf und vergrub das Gesicht in den Händen. Die Enttäuschung erfasste ihn, lange

Zeit rührte er sich nicht, und als er aus der Leere erwachte, die ihn umgab, spannte er sich vor die Kutsche und brach auf.

Die Kutsche war leicht, er fühlte ihr Gewicht gar nicht.

Eine lange Zeit zog er die Kutsche. Am Ende begriff er: Sie ist so leicht, weil Großvater Sergei nicht mehr auf ihr liegt.

Anschließend machte er unter einer Eiche mit ausladenden Ästen halt. Großvater Sergei hatte stets gefragt, wie dick der Stamm ist, wie die Baumkrone aussieht und ob die Wurzeln freiliegen. War er mit der Gestalt des Baumes zufrieden, hatten sie die Bündel abgeladen und sich an dieser Stelle niedergesetzt.

Janek war müde und wollte sich am liebsten gleich auf der Kutsche hinlegen, doch er entsann sich Großvater Sergeis Gebot: Man legt sich nicht mit leerem Magen schlafen.

Trockene Zweige gab es hier reichlich. Er zündete ein Lagerfeuer an, und kurz darauf kochte schon das Wasser im Kessel. Er liebte diese Zeit. Um ehrlich zu sein, jede Minute mit Großvater Sergei hatte er geliebt. Großvater hatte die Tasse umklammert und seinen Tee getrunken. Die rissige Haut an seinen Fingern war die eines Ackerbauern, doch gleichzeitig waren seine Hände so gepflegt wie bei einem Städter.

Janek aß das Brot und den Käse. Der Proviant, den ihm die Haushälterin des Priesters mitgegeben hatte, war noch immer frisch und köstlich. Großvater Sergeis Anwesenheit wurde stärker. Janek fühlte ihn bei sich, als säße er neben ihm.

«Großvater Sergei, bist du hier?», brach es aus ihm hervor.

«Was möchtest du?», lautete die prompte Antwort.

«Nichts. Ich wollte bloß wissen, ob du immer bei mir sein wirst.»

«Immer.»

Als Janek dieses Wort vernahm, erschien ein Lächeln auf seinem Gesicht.

Jetzt wusste er, dass er an diesem Ort Großvater Sergeis Kleider begraben würde.

Ohne länger zu säumen, ging er zur Kutsche und holte Großvater Sergeis Spitzhacke aus dem Militär und begann zu graben. Die Erde war feucht und locker. In weniger als einer Stunde war das etwa ein mal ein Meter große Grab fertig. Er glättete oben und unten die Ränder und sagte zu sich: Das ist ein guter Ort, er liegt erhöht, ist zu sehen und zugleich versteckt.

Janek legte ein bisschen Reisig in das Lagerfeuer nach, goss sich eine Tasse Tee ein und spürte Großvater Sergeis unmittelbare Gegenwart.

Er wollte ihn fragen, ob er den Ort und den Baum sehe, doch er fragte nicht.

Janek saß da und dachte an die Bäume, unter denen er mit Großvater Sergei auf ihrer Wanderschaft gesessen hatte. Die Wanderschaft erschien ihm jetzt wie eine lange Reise mit kleinen Pausen. Großvater Sergei hatte die Bäume ausgewählt und seine Wahl stets begründet: Meistens musste es ein hoher Baum mit breiter Krone sein, unter der sie vor Regen geschützt und zugleich vor Angriffen versteckt waren. Nicht immer genügte der Baum Großvater Sergeis Ansprüchen. Aber die Stille jedes Baums hatte sich Janeks Gedächtnis eingeprägt. Großvater Sergei pflegte zu sagen: «Es ziemt sich, neben einem Baum zu beten oder ein Gebet zu hören.»

Augenblicklich schlief Janek am Rande des Grabes ein.

57

Früh am Morgen erwachte er und legte Reisig in das erloschene Feuer nach. Er fragte sich, ob er den Wasserkessel auf die Glut setzen oder beginnen sollte, die Kleider zu begraben. Janek fühlte, dass es nicht angemessen war, Tee zu trinken, bevor Großvater Sergeis Kleider begraben waren.

Nachts im Schlaf hatte er sich überlegt, in welcher Reihenfolge er die Kleider begraben würde. Zuerst wären die Schuhe dran. Großvater Sergei hatte zwei Paar Schuhe gehabt, die er gelegentlich putzte und ab und an mit Fett einrieb. «Gutes Schuhwerk ist die Grundlage für einen gesunden Gang. Ein verschlissener Schuh, aus dem der Zeh hervorschaut, ist zum Schämen, da läuft man besser barfuß. Ein nackter Fuß ist etwas Ehrenvolles», betonte er immer wieder.

Janek holte die Schuhe herbei, und bevor er sie ins Grab legte, betrachtete er sie. Ein Militärschuh umschließt den Knöchel gut, schoss es ihm durch den Kopf.

Bevor er die Schuhe anzog, hatte Großvater Sergei immer das Leder befühlt.

Einmal hatte er gesagt: «Die Schuhe richten sich nach den Füßen. Jetzt passen sie zum Fuß und sind bequem.»

Anschließend holte Janek die Socken. Großvater Sergei hatte drei Paar besessen und streng darauf geachtet, sie regelmäßig zu waschen und zu stopfen. Jedes Mal, wenn er in den Ferien nach Hause kam, hatte Großvater Sergeis Mutter ihm ein Paar selbst gestrickte Wollsocken gegeben. Abgesehen von all seinen verschlissenen Socken, hatte er noch drei Paar von seiner Mutter. Janek legte sie auf die Schuhe.

Erst als er die Hemden, zwei aus dem Militär und eines für den Alltag, ins Grab legte, begannen seine Hände zu zittern. Jetzt war er sich nicht mehr sicher, ob die Reihenfolge stimmte.

Er suchte in Großvater Sergeis Bündel nach der Bibel und las den Vers: «Und der Ewige sprach zu Abram: ‹Zieh du aus deinem Land, von deiner Verwandtschaft und vom Haus deines Vaters nach dem Land, das ich dir zeigen werde.›» Großvater Sergei liebte diesen Vers. Er wusste ihn auswendig, doch er bat Janek stets darum, den Vers vorzulesen.

Einen Moment stand Janek vor dem Grab. Er öffnete den Mund und sprach: «Großvater Sergei, vorgestern bist du zu deinen Vätern gekommen. Heute lege ich deine Kleider und andere Sachen ins Grab. Ich wollte nicht, dass sie herrenlos zurückbleiben. Und ich bete inniglich, dass das, was ich getan habe, in deinem Sinne ist. Ich weiß, materielle Dinge und Eigentum waren dir nicht wichtig. Aber deine Kleider waren immer sauber und passten zu deinem Körper. Wie du gerne sagtest: Der Körper ist so ehrenvoll wie die Erscheinung, die man ihm gibt.»

Das Grab füllte sich mehr und mehr mit Kleidern. Was nicht in die Grube kam, waren der Wasserkessel, ein Teller, eine Tasse, ein Messer, der Teefilter, die Zuckerdose und Wertgegenstände, die Janeks Vater Großvater Sergei überlassen hatte. Da schoss Janek ein Gedanke durch den Kopf: Vielleicht sollte er die Kleider besser verbrennen, anstatt sie zu vergraben, damit niemand sie je fände. Doch er verwarf den Gedanken sogleich wieder. Verbrennen ist eine Gewalttat.

Erst nachdem er das Grab zugeschaufelt hatte, fühlte er, jetzt war Großvater Sergei wirklich von ihm gegangen. Er sehnte sich nach der Art, wie er Kognak getrunken hatte, damit der ihn benommen mache und zu Boden werfe. Hatte Großvater Sergei Janek niedergeschlagen gesehen, so hatte er häufig gesagt: «Janek, trink einen Schluck Kognak. Der benebelt dich und lässt dich deinen Kummer vergessen.»

«Jetzt feuern wir Großvater Sergei zu Ehren drei Schüsse ab», sagte Janek, ohne das vorher geplant zu haben. Er zog die Pistole aus seinem Gürtel und schoss dreimal, so wie Großvater Sergei es ihn gelehrt hatte.

Er entzündete das Lagerfeuer, stellte den Kessel auf die brennenden Zweige, setzte sich nieder und betrachtete das Feuer.

Dies waren die schönsten Stunden auf der Reise mit Großvater Sergei gewesen.

Er schenkte sich eine Tasse Tee ein, aber der Kummer, der ihn seit der Kleiderzeremonie zu beherrschen drohte, packte ihn jetzt nur noch stärker.

«Ich habe geglaubt, dass wir gemeinsam die Eltern wiedersehen würden», sagte Janek, und Tränen stiegen ihm in die Augen.

Gedankenverloren nahm er das Kreuz vom Hals und legte es auf die Kutsche. Dann zog er das Bauernhemd und die Leinenhose aus und versuchte, wieder in die Kleider zu schlüpfen, die seine Mutter ihm in den Ranzen gepackt hatte. Doch leider hatte die Zeit das ihre getan: Die Kleider waren ihm zu eng, und so beschloss er, die Nähte aufzutrennen. Das nützte etwas, er zog die Kleider an.

In den aufgetrennten Kleidern sah er jetzt wie ein Flüchtling aus. Bevor er sich auf den Weg machte, stellte er sich neben das Grab und sagte: «Schalom, Großvater Sergei. Wir sind nicht getrennt. Du wirst immer bei mir sein. Ich warte darauf, deine Stimme zu hören und dein Gesicht zu sehen. Ich gehe die Eltern suchen und bete, dass ich sie finde. Ich habe keine Angst. Du hast mich gelehrt, keine Angst zu haben.»

58

Sofort setzte er den Ranzen auf den Rücken und brach auf. Es war kalt, und er war froh, dass er sich entschieden hatte, Großvater Sergeis Militärmantel mitzunehmen. In den letzten Tagen hatte er ihn nicht mehr ausgezogen, weder am Tag noch in der Nacht.

Von allen Seiten umschlossen ihn Felder, Haine und eine große Stille. Ohne zu säumen, schritt er voran.

Alles, was er in den letzten Tagen erlebt hatte, war wie ausgelöscht aus seinem Kopf. Er fühlte und empfand nichts, nur gut, dass seine halb erfrorenen Füße ihn so bereitwillig trugen.

Nachdem er eine Stunde gegangen war, wunderte er sich: Wo sind die entlassenen Soldaten, wo sind die Flüchtlinge? Es war nichts zu hören und zu sehen.

Die Bauern, denen er mit Großvater Sergei während ihrer Reise begegnet war, hatten ihnen nicht verborgen, was man den Juden angetan hatte. Ihr Gesichtsausdruck schwankte zwischen Gleichgültigkeit und Schadenfreude.

Großvater Sergei hatte sie gescholten und gesagt: «Am Unglück anderer erfreut man sich nicht.»

Janek hatte ihre Worte verstanden und auch wieder

nicht. Aber er hatte wenig gefragt, und Großvater Sergei hatte wenig erzählt.

Plötzlich trat eine Gruppe Flüchtlinge aus dem hohen Gras hervor. Sie bewegten sich energisch vorwärts, sie schienen den Weg zu kennen. Janek schloss sich ihnen an und bemerkte, dass sie wenig redeten. Als sie eine Stunde gegangen waren, machten sie halt und setzten sich am Wegesrand nieder.

Eine Frau, die neben ihm saß, hob den Kopf und fragte: «Aus welchem Lager bist du?»

«Ich war nicht im Lager.»

Die Frau war bestürzt und wollte wissen: «Wie kann das sein?»

«Ich war bei Großvater Sergei.»

«Bei ihm zu Hause?»

«Nein. Wir sind von Dorf zu Dorf gezogen», erklärte Janek und spürte, dass er ein Geheimnis preisgab.

«Nennst du ihn Großvater Sergei, weil er ein Greis war?»

«Nein. Er war ein alter Mann, aber kein Greis.»

Erst jetzt konnte er in die Gesichter der Flüchtlinge sehen, sie kamen ihm bekannt vor, ähnelten den Gesichtern der Eltern, der Großeltern, der Onkel, Tanten und Cousins. Wenn er diese Gesichter nur genau betrachtete, so schien es ihm, würde er sie finden.

«Nimm eine Scheibe Brot und etwas Wurst», bot die Frau ihm an.

«Ich esse kein Fleisch.»

«Warum?»

«Weil Großvater Sergei kein Fleisch gegessen hat.»

«Dann nimm etwas Brot und Käse.»

«Danke.»

Janek betrachtete wieder die Leute: Sie kamen ihm so

bekannt vor, als hätte er sie schon einmal bei sich zu Hause oder im Holzwarenlager gesehen.

«Und während des ganzen Krieges bist du mit Großvater Sergei gewandert?», fragte die Frau weiter. «Und hattest keine Angst?»

«Mit Großvater Sergei hat man keine Angst», sagte Janek und freute sich, dass er die richtigen Worte gefunden hatte.

«Aus welcher Stadt kommst du?»

Janek nannte den Namen der Stadt.

«Nicht weit von hier. Wie heißt deine Familie?»

«Weiner.»

«Die Weiners mit den großen Holzwarenlagern?»

«Ja.»

«Ich habe deinen Vater und deine Mutter gekannt. Wer kannte sie nicht. Jeder Mensch in der Stadt und der Umgebung brauchte Holz. In den Warenlagern von Weiner bekam man alle Arten: Holz zum Heizen, Bretter für Möbel, Balken für Häuser, Holz für Kutschen, Reifen für Fässer. Das war eine eigene Welt. Neben den Warenlagern gab es ein geschmackvoll eingerichtetes Café. Hierher kamen die Leute vor oder nach dem Einkauf, um einen Kaffee zu trinken oder eine Suppe zu essen. Junge Paare trafen sich hier. Das Café war immer voll. Neben den Holzwarenlagern gab es einen Laden nur für Holzspielzeug: Kinderfigürchen, Clowns, Hunde und Katzen, große Holzklötze, Häuser in verschiedenen Größen und Hundehütten. Die Kinder verbrachten Stunden in dem Laden, und alles kaufte hier, der eine mit Münzen, der andere mit großen Scheinen. Was soll man sagen: Es war wirklich eine eigene Welt. Du erinnerst dich gewiss nicht an mich, aber ich mich gut an dich. Wie du neben deinem Vater gestanden und Eis gegessen hast. Jetzt stehen wir vor dem Nichts, vor leeren Wegen, vor leeren Häusern. Jeder Einzelne von uns ist der Überlebende einer ganzen Familie.»

Plötzlich umarmte die Frau Janek und sagte mit tiefer Stimme: «Du musst stark sein und darfst nicht verzweifeln.» Dann redete sie noch lange weiter über die Holzwarenlager und all das, was die Stadt ihnen zu verdanken hatte. Und während sie so redete, wurde sie ohnmächtig und fiel zu Boden, doch schaffte es gerade noch zu sagen: «Gebt auf diesen Jungen acht. Das ist ein lieber Junge. Er hat niemanden auf der Welt.»